Anton Kerschbaumer

Bischof Feigerle

Anton Kerschbaumer

Bischof Feigerle

ISBN/EAN: 9783742845351

Hergestellt in Europa, USA, Kanada, Australien, Japan

Cover: Foto ©Raphael Reischuk / pixelio.de

Manufactured and distributed by brebook publishing software
(www.brebook.com)

Anton Kerschbaumer

Bischof Feigerle

Bischof Feigerle.

Nach dem Leben geschildert

von

Dr. Anton Kerschbaumer,

geheim. päpstl. Kämmerer und Professor der Theologie
zu St. Pölten.

-

Der Reinertrag ist den Barmherzigen Schwestern im Krankenhause
zu St. Pölten bestimmt.

Wien 1864.

Carl Sartori

(Wallnerstrasse Nr. 7).

Vorwort.

Der Name des seligen Bischofes Ignaz Feigerle steht in so ehrenvollem Andenken bei seinen zahlreichen Schülern, Freunden und Gönnern, insbesondere aber in der Diöcese St. Pölten, welcher er durch mehr als eilf Jahre ruhmvoll als kirchlicher Oberhirt vorstand, daß eine ausführlichere Schilderung seines Lebens und Wirkens nicht nur gerechtfertigt, sondern auch erwünscht scheint.

Der Verfasser vorliegender Schilderung hatte das Glück, längere Zeit in der unmittelbaren Nähe des Hochseligen zuzubringen und von ihm einer unverdienten Huld gewürdigt zu werden. Was somit in dem Folgenden mitgetheilt wird, beruht auf der sichersten Grundlage, es ist eine wahrhafte Schilderung nach dem Leben.

Wenn es vielleicht manchmal den Anschein haben sollte, als hätte er den Griffel zu tief in die Farbe der dankbaren Liebe getaucht, so will er sich weder entschuldigen noch vertheidigen; wohl aber darf er sich mit der größten Seelenruhe auf das zustimmende Urtheil Aller berufen, welche den Hochseligen näher kannten oder irgendwie mit ihm in Berührung kamen.

Bei Ausarbeitung dieser Schilderung wurde des Gefertigten Aufsatz in der Oesterreichischen Vierteljahrs-schrift „Ignaz Feigerle, Bischof von St. Pölten" (Jahrgang 1864, zweites Heft) und der Nekrolog Feigerle's von Herrn Canonicus J. Chalaupka in der theologischen Quartalschrift „Hippolytus" (Jahrgang 1864, I. und II. Quartal, S. 36—59) theilweise benützt.

Möge das Büchlein allenthalben freundliche Auf-nahme finden und das Andenken an den hochseligen Bischof lebhaft erhalten, wie er es um Kirche und Va-terland verdient.

Der Reinertrag ist — um mit dem Namen des Verstorbenen noch nach seinem Tode Gutes zu stiften — den Barmherzigen Schwestern im Krankenhause zu St. Pölten gewidmet.

Der Verfasser.

Inhalt.

Feigerle's Jugendjahre.

Ignaz Feigerle war der jüngste Sohn einer nicht unbemittelten Familie und erblickte das Licht der Welt zu Biskupstwo in Mähren, einem zur Pfarre Namiescht (Námĕšt) gehörigen Dorfe, am 7. April 1795. Biskupstwo (Bischofdorf) ist ein kleiner Ort, der mit dem Markte Namiescht ganz zusammenhängt.

Das väterliche Haus Feigerle's ist klein, aber gut gebaut und besteht aus einem Stockwerk und einem daran stoßenden Obstgarten. In dem oberen Tracte ist ein Zimmer noch so erhalten, wie es die Eltern Feigerle's bewohnt und nach ihrem Tode zurückgelassen hatten, mit denselben Einrichtungsstücken und Bildern, worunter auch ihre Porträte sich befinden. Uebrigens wurde dieses Haus, in welchem Feigerle erzogen wurde, erst nach dessen Geburt von seinen Eltern erworben. Das unansehnliche Geburtshaus Feigerle's liegt weiter unterhalb im Orte Biskupstwo.

Der Vater Feigerle's war Zeugmacher und Spinnfactor der k. k. priv. Wollenzeugfabrik zu Mährisch-Neustadt; die Mutter eine Schullehrerstochter.

Sie war es, welche in dem Herzen ihres Sohnes die ersten religiösen Gefühle anregte und mit wahrer Mutterliebe dafür sorgte, daß sein frommer Sinn mit den Jahren immer mehr zunahm. Sie hielt den kleinen Ignaz frühzeitig zum Besuche der Pfarrschule an, wo er in den Anfangsgründen der christlichen Religion, der mährisch-slavischen und deutschen Sprache, des Gesanges und der Musik unterrichtet wurde.

Als Knabe von acht Jahren kam er nach Olmütz, wo er zwei Jahre (1804 und 1805) die Normalschule besuchte, hierauf durch fünf Jahre (1806—1810) an dem k. k. akademischen Gymnasium den Studien oblag.

Während dieser Zeit ragte er unter seinen Mitschülern durch Fleiß, Eifer und Frömmigkeit hervor. Schon damals hatte er die Gewohnheit, dasjenige, was in der Schule gelehrt wurde, sich sorgfältig zu notiren. Die Gymnasial-Professoren, von deren Gelehrsamkeit und Frömmigkeit der Selige stets mit hoher Achtung sprach, zollten seinen glänzenden Leistungen volle Anerkennung, und so geschah es, daß er alljährlich als Prämiser nach Hause kam.

Ignaz Feigerle trat nach Beendigung der Gymnasialstudien in das k. k. Olmützer Lyceum über, in welchem er an der philosophischen Facultät zwei Jahre (1811 und 1812) die Vorlesungen besuchte. Die anhaltende Krankheit, mit der ihn die göttliche Vorsehung während dieser Zeit heimsuchte, verhinderte ihn nicht, bei den öffentlichen Prüfungen solche Beweise seines Fleißes und seiner Kenntnisse zu liefern, daß ihm am Schlusse eines jeden Semesters aus allen Lehrgegenständen Vorzugsklassen ertheilt werden mußten; am Ende beider Jahrgänge unterzog sich derselbe den damals üblichen öffentlichen Disputationen, in welchen er einige Thesen aus der Philosophie und mathematischen Physik lobwürdig vertheidigte. Die durchweg eminenten Fortschritte auf der Bahn der Studien verschafften ihm den Vortheil, daß er gleich im Anfange seiner Studien von der Zahlung des Unterrichtsgeldes befreit und noch überdieß im Genusse eines Stipendiums am Gymnasium von 50 fl. und an der philosophischen Fakultät von 80 fl. war.

An sein väterliches Haus behielt Feigerle zeitlebens eine große Anhänglichkeit, und eine wahrhaft kindliche Pietät bewahrte er seiner ausgezeichnet frommen Mutter.

So erzählte er einst aus seinen Jugendjahren, daß die Mutter eines Tages zu ihm sagte: „Ignaz, geh nicht hinaus!" — Schulkameraden spielten vor dem Fenster draußen. Aber der kleine Ignaz ging doch hinaus, spielte mit, und eine umfallende Planke quetschte ihm den Fuß. „Der Fuß schmerzte sehr", erzählte Feigerle weiter, „aber noch mehr schmerzte es mich, daß ich meiner Mutter nicht gefolgt."

Während Feigerle in Olmütz studirte, kam die gute Mutter öfter dahin und brachte dem jungen Studenten mancherlei Eßwerk. Das gab dann stets einen Freudentag für alle Schulcollegen. Feigerle ging seiner Mutter stets entgegen und begleitete sie auch gerne auf den „heiligen Berg", jenem berühmten Wallfahrtsort in der Nähe von Olmütz.

Eines Morgens empfing die fromme Mutter daselbst die heil. Communion und war freudig überrascht, als sie neben sich ihren Sohn Ignaz erblickte, der nach zwei durchwachten Studirnächten am heiligen Berge seine Andacht verrichtete. Die Mutter umarmte den frommen Sohn voll freudiger Rührung.

Das väterliche Haus, welches Feigerle nach dem Tode seines Bruders ererbte und welches er im Testamente seinem Neffen testirte, ließ er unverändert in seiner ganzen Einrichtung. Wenn Feigerle dahin kam, so logirte er stets in dem oberen Tracte, und zwar in dem ehrwürdigen Familienzimmer, das die Eltern bewohnt hatten. Die schwarze Brünner Muttergottes und alle Bilder hingen noch auf demselben Platze, wie in seiner Kindheit, und Niemand durfte daran etwas ändern.

Den unvergeßlichen Eltern ließ Feigerle ein prächtiges Monument zu Namiescht setzen. Seinem Bruder, der als Dechant zu Köllin starb, errichtete er ein bleibendes Denkmal

1*

durch Fundirung eines Stiftungsplatzes für einen Alumnus in dem Knabenseminar zu Kremsier (mit 3500 fl. C.-M.)

Zur Pfarrkirche seines Geburtsortes stiftete der wohlthätige Bischof 500 fl. C.-M. in 5proc. Staatsschuld-Verschreibungen mit der Widmung, daß von den entfallenden Interessen jährlich zwei arme Individuen zu betheilen seien. Ueberhaupt werden die Armen zu Namiescht wohl noch lange über Feigerle's Hingang aus diesem Leben trauern, denn ein reicher Quell von Almosen floß auch außerdem noch in monatlichen Betheilungen und sonstigen Spenden durch Vermittlung des Pfarrers den dortigen Armen zu.

Seine Wünsche bezüglich des väterlichen Hauses sprach er im zweiten Punkte seines Testamentes aus (siehe unten).

Die Standeswahl kostete dem frommen Jünglinge nach Vollendung seiner philosophischen Studien keinen Kampf. Der Entschluß, Priester zu werden, welcher schon lange in seiner Seele lag, erlangte gar bald seine vollständige Reife.

Ignaz Feigerle klopfte an der Pforte des fürsterzbischöflichen Klerikal-Seminars seiner Mutterdiöcese an, bat um Aufnahme in dasselbe, die ihm auch von Sr. Eminenz dem Cardinal und Fürsterzbischofe, Maria Thaddäus Grafen von Trautmannsdorf, ohne Verzug ertheilt wurde. Der Ruf von der Vortrefflichkeit seines Herzens und Geistes gelangte gleich nach seiner Aufnahme zu den Ohren des Cardinals, was zur Folge hatte, daß er Ende Novembers 1812 in das k. k. Convict nach Wien gesendet wurde, mit der Bestimmung, die theologischen Studien an der dortigen Hochschule zu machen.

Der junge Kleriker entsprach vollkommen den Erwartungen seines Fürsterzbischofes, indem er während der vier Jahre, die er zum Besuche der Vorlesungen auf der Universität verwendete, aus sämmtlichen Lehrgegenständen Vorzugsklassen erhielt, und sich noch überdieß den öffentlichen Prüfungen aus der Landwirthschaftslehre und Erziehungskunde unterzogen hatte.

Am Ende des Schuljahres 1815 erkrankte er an einem Herzklopfen; er mußte deshalb aus der Dogmatik und Moral des zweiten Semesters Privatprüfung machen, Wien verlassen und sich nach Namiescht in das Haus seiner Eltern zurückziehen, wo er auch einen großen Theil des darauf folgenden Jahres 1816 bis zur Herstellung seiner Gesundheit zubrachte.

Am 18. October 1817 wurde ihm in der erzbischöflichen Schloßkapelle zu Kremsier das Diaconat, und am 21. März des darauf folgenden Jahres 1818 (es war der Charsamstag) in der fürsterzbischöflichen Kapelle zu Olmütz das Presbyterat ertheilt.

In seinen theologischen Studienjahren machte Feigerle Bekanntschaft mit vielen Studirenden des k. k. Stadtconvictes, deren er sich auch später noch als Bischof mit unwandelbarer Treue erinnerte.

§. 2.

Feigerle's priesterliche Wirksamkeit in der Erzdiöcese Olmütz.

Am zweiten Sonntag nach Ostern, der im Jahre 1818 auf den 5. April fiel, feierte Feigerle seine Primiz.

Seine erste Anstellung in der Seelsorge war zu Weischowitz in Mähren, wo er bereits Diacondienste verrichtet hatte und wohin er als Cooperator unterm 21. März 1818 jurisdicionirt wurde. Dort arbeitete er an der Seite seines alten Herrn Pfarrers Anton Schindler, eines Exprämonstratensers, drei Jahre und eben so viele Monate im Weinberge des Herrn.

In welch reichem Maße der junge Priester auf diesem Gebiete die ihm von Gott verliehenen Talente und Gnaden verwerthete, bezeugt dessen Pfarrer mit den Worten:

„Est pius, devotissime vacat orationi, suumque
quotidianum Divinum Pensum nunquam intermittens,
pro incruento Missae Sacrificio se diligentissime praepa-
rans. Est castus et continens, omnem speciem mali
fugiens. Est sobrius, nunquam enim in esu et potu ex-
cedere visus; in cura animarum ferventissimus Sacra-
menta non tantum impertaese, sed etiam maxima cum
reverentia administrans; benignus est ille in omnes,
maxime in infirmos, quos non tantum spiritualiter, sed
etiam corporaliter eleemosynis pro posse suo adjuvit. In
schola continuus, ut per instructionem in religione Christi
parvulis, ne esuriant, panem Christi frangat. In con-
cinnatione doctarum simul et populo adaptatarum con-
cionum et exhortarum facillimus, ac diligentissimus, in
catechesibus tam in hora repetitionis quam in Ecclesia
habitis mansuetissimus ac irremissus."

Die Berichte des Techantes, gelegentlich der kanonischen
Bereifung, bestätigten die pfarrlichen Angaben in ihrem ganzen Umfange.

Das f. e. Consistorium fand in Berücksichtigung dieser
vortrefflichen Leistungen es für angemessen, ihn in gleicher
Eigenschaft nach Kremfier auf die Liebfrauenkirche zu über-
setzen, wo er jedoch nur neun Monate, nämlich bis Ende 1821
blieb. Der Capitelbechant und Stadtpfarrer von Kremfier,
Herr Anton Schilder, rühmt dem aus der Seelsorge Aus-
tretenden Nachstehendes nach:

„Mit sehr glücklichen Talenten verbindet er rastlosen Fleiß
und zugleich auch vorzügliche und seltene Gemüthsgaben: herzlich fromm, sanft, bescheiden, anspruchslos; immer heiteren
Geistes und freundlich gegen Jedermann, strenge nur gegen
sich selbst und voll Liebe gegen Andere, mit Recht ein Muster
wahrer Religiosität und Sittenreinheit. Ebenso ausgezeichnet
ist er in seinen gesammten Leistungen für die Seelsorge. Am

Altare, auf der Kanzel, im Beichtstuhle, am Krankenbette, in der Schule, öffentlich und zu Hause, überall und in Allem beurkundet er seinen fromm-apostolischen Sinn und seine vorzügliche Brauchbarkeit."

Noch auf seinen Seelsorgsstationen widmete sich Feigerle mit Eifer den theologischen Studien. Er bereitete sich auf die Concurs-Prüfung für die ledigstehende Lehrkanzel der Pastoraltheologie am Lyceum zu Olmütz vor und unterzog sich derselben am 22. Februar 1821.

Zur Förderung seiner wissenschaftlichen Laufbahn wurde Feigerle durch die Gnade Sr. Majestät Kaiser Franz I. in das höhere weltpriesterliche Bildungsinstitut zum heiligen Augustin in Wien aufgenommen, in welches er am 4. December desselben Jahres eintrat.

Nun frequentirte er die Collegien an der Universität, vorzüglich die Vorlesungen aus der Pastoraltheologie, und legte am 5. August die strenge Prüfung aus der Moral- und Pastoraltheologie ab.

Die Vorsteher des Priester-Bildungs-Institutes: Jac. Frint, Jos. Pletz und Mich. Wagner bezeugen bei seinem am 3. März darauf erfolgten Austritte aus demselben: „daß er für sein Fachstudium sehr viele Schriften las, Auszüge daraus verfaßte, seine eigenen Ansichten zu Papier brachte, so daß er mit einem schönen literarischen Vorrath sein Amt antreten könne. Doch war diese Vorbereitung nicht einseitig; mit der Erweiterung und Begründung seiner theoretischen Kenntnisse suchte er auch praktische Uebungen zu verbinden; daher besuchte er die meisten Predigten der Stadt, verfertigte und hielt selbst Predigten und war zur Aushilfe in der Seelsorge stets bereitwillig. Mit diesem wahrhaft seltenen und rastlosen Streben nach wissenschaftlicher Ausbildung verband er stets einen religiösen Sinn, Eifer im Gebet, ein stilles, gesetztes und bescheidenes Betragen, die genaueste Befolgung der Haus-Statuten und überhaupt einen echt priesterlichen Wandel."

Am letzten Jänner 1823 wurde Feigerle die Lehrkanzel der Pastoraltheologie zu Olmütz verliehen, welche er bis zum Beginn des Jahres 1830 versah.

Als im Jahre 1827 Se. Majestät Kaiser Franz I. das Lyceum zu Olmütz zur Universität erhob, wurde Professor Ignaz Feigerle in dem darauf folgenden Jahre der erste Rector magnificus und leitete als solcher die Feier der Universitäts-Restauration.

Um auch während dieser Zeit als Priester und Seelsorger im Weinberge des Herrn seine Schuldigkeit zu thun, ließ er sich an der Propsteikirche St. Mauritz jurisdictioniren; er verrichtete täglich das heilige Meßopfer zur Erbauung des Volkes, predigte öfter mit Salbung, fand sich unverdrossen im Beichtstuhle ein, versah die Kranken mit den heil. Sterbesakramenten und besuchte dieselben so lange, bis die göttliche Vorsehung in ihrem Zustande eine Aenderung eintreten ließ.

Bei all dem fand er noch Zeit zum Studiren, so daß er am 3. December das Rigorosum aus der Dogmatik ablegen konnte.

Se. Majestät der Kaiser würdigte aber auch Feigerle's vielversprechende Leistungen und beförderte ihn unterm 18. November 1829 auf die ledigstehende Lehrkanzel der Pastoraltheologie an der k. k. Universität in Wien. Aus Anlaß seiner Beförderung erfreuten Seine Eminenz der Cardinal Erzherzog Rudolph ihn mit folgendem Schreiben vom 3. Jänner 1830:

„Wohlehrwürdiger Herr! Obwohl Ihre Entfernung von der Olmützer Universität, wo Sie bei der Ausbildung Meiner Priesterstandszöglinge die ersprießlichsten Dienste geleistet und Ihrer wichtigen Berufspflicht ausgezeichnet entsprochen haben, für Mich und Meine Erzbiöcese ein wirklicher Verlust ist, so gereicht Mir doch Ihre Beförderung an die Wiener Hoch-

schule deshalb zum Vergnügen, weil Se. k. k. Majestät dadurch
ein gerechtes Anerkenntniß Ihrer vorzüglichen Eigenschaften
ausgesprochen haben, und es war mir die angenehmste Pflicht,
Ihnen das Zeugniß, was Sie als frommer Priester und vor-
trefflicher Lehrer durch Beispiel und Unterricht geleistet haben,
zu ertheilen. Möge der ewige Vater des Lichtes Ihren Bemühungen und Arbeiten in der neuen ehrenvollen Bestimmung
die gedeihlichsten Früchte schenken und Ihnen die Kraft, das
Gute im reinsten Sinne zu lehren und zu wirken, gnädig
verleihen. Diesen Segen empfangen Sie von Ihrem Erzbischof, der mit väterlicher Gewogenheit allzeit bleiben wird
Ihr wohlgeneigter Rudolph m/p."

Seinen wohlthätigen Sinn bekundete Feigerle schon damals dadurch, daß er den Reinertrag der von ihm während
seines Rectorates verfaßten Beschreibung der Restaurations-
feier nach Abzug der Druckkosten (171 fl. C.-M.) zur Grün-
dung eines Krankenfondes für arme Studirende widmete.
Eben demselben Fonde widmete er den reinen Ertrag der in
jener Zeit von ihm herausgegebenen siebzehn böhmischen Predigten.

Später wurde Feigerle in Anerkennung seines erprieß-
lichen Wirkens in der Erzdiöcese Olmütz von dem Fürster-
bischof Herrn Maximilian Joseph Freiherrn von Somerau-
Beckh mit Diplom vom 24. Jänner 1841 zu seinem Rath
und Consistorialbeisitzer ernannt und zugleich mit der Würde
eines Ehrencanoniens des Collegiatstiftes zu Kremsier ausgezeichnet.

Seiner Mutterdiöcese blieb Feigerle fortan treu und bewies diese Anhänglichkeit besonders im Jahre 1860 gelegentlich der Sarcander-Feier, wo er eine der Festpredigten in
slavischer Sprache übernahm, in welcher Sprache er schon
viele Jahre lang nicht mehr gepredigt hatte. Noch jetzt spricht
man dort von dem Schwung und der Correctheit des Styls

in jener Predigt, nach welcher das fromme Volk sich hinzu=
drängte, um das bischöfliche Kleid des begeisterten Predigers
zu küssen (vgl. unten).

§. 3.

Feigerle als Universitätsprofessor zu Wien.

Sein Lehramt als Pastoralprofessor zu Wien be=
gann Feigerle an seinem Namenstage, 1. Februar 1830, und
verwaltete es durch volle zehn Jahre, nämlich bis zum Ende
des Schuljahres 1840.

Wer je das Glück hatte, des seligen Feigerle Vorlesungen
zu hören, erinnert sich derselben mit dankbarer Freude. Es
war ein Hochgenuß, seinem fließenden Vortrage zu lauschen,
der durch anziehende Beispiele aus dem Leben geschmückt und
gewürzt war. Ein jetzt in hohen kirchlichen Würden stehen=
der Geistlicher gestand offen dem Schreiber dieser Zeilen, daß
er das, was er an kirchlicher Gesinnung besitze, dem Pro=
fessor Feigerle zu verdanken habe. Seine Schüler hingen auch
mit Pietät an ihm und rechneten es sich noch später zur
Ehre, zu den Füßen Feigerle's gesessen zu haben. Nur beim
Examiniren war Feigerle gefürchtet, weil er kein Gerede dul=
dete, sondern den Schüler straff an die vorgetragene Sache
fesselte. In seiner strengen Gewissenhaftigkeit kannte Feigerle
auch keine übelverstandene Nachsicht, und es wird behauptet,
daß er öfter die zweite Fortgangsklasse nachlässigen Schülern
ertheilte.

Er trug nach eigenen Schriften vor, denn das trockene
damals vorgeschriebene Lehrbuch Reichenberger's konnte dem
so warm fühlenden und kirchlich denkenden Feigerle unmög=
lich zusagen. Hätte Feigerle sich entschließen können, seine
Schriften damals zu veröffentlichen, so hätte er gewiß damit

großes Aufsehen gemacht; denn mit Eleganz der Diction, kirchlicher Treue und praktischer Richtung verband sich in denselben eine staunenswerthe Erudition. In den unzähligen Citaten war die ganze Literatur der damaligen Zeit vom katholischen und akatholischen Lager vertreten. Schreiber dieser Zeilen, dem der Hochselige die Einsicht in den Schatz seiner Pastoralschriften gewährte, hatte Gelegenheit, sich davon auf das Genaueste zu überzeugen, und doch waren diese Schriften nur die Quintessenz seiner in zahlloser Menge gesammelten Auszüge und Notaten. Feigerle bedauerte selbst, daß er den rechten Zeitpunkt zur Herausgabe versäumte, denn jetzt, so pflegte er zu sagen, sei seine Arbeit von der Zeitströmung überholt worden. Indeß wäre gewiß noch Vieles der Veröffentlichung werth. Ein Fragment „aus den Schriften eines emeritirten Pastoralprofessors" theilte die Zeitschrift Hippolytus mit (Jahrg. 1863, I. Abtheil. S. 96 ff.).

Man kann wohl sagen, daß Feigerle mit einem Bienenfleiße Alles zusammentrug, was er für den Zweck der praktischen Theologie verwenden zu können glaubte. So findet sich z. B. auch eine Gesundheitslehre, eine Landwirthschaftslehre für Seelsorger und dgl. in seinem Nachlasse vor.

Auf Ansuchen der theologischen Facultät in Wien wurde Feigerle von der Ablegung zweier strenger Prüfungen und der öffentlichen Disputation durch die Allerhöchste Entschließung vom 24. Juli 1838 dispensirt und hierauf den 29. October d. J. von der Universität in die Zahl der Doctoren der Theologie aufgenommen. Auch erwählte ihn die besagte Facultät in der Sitzung vom 20. November einstimmig mit Nachsicht der Taxen zu ihrem Mitgliede.

Während dieses Decenniums wurde Feigerle auch anderwärtig viel in Anspruch genommen, wie die vielen Gutachten beweisen, welche er mit gewissenhafter Genauigkeit erstattete, wenn sie ihm aufgetragen wurden. Und solches geschah häufig;

denn es war ihm vom fürsterzbischöflichen Consistorium und
Büchercensuramte in Wien das Amt eines Revisors der Manuscripte und gedruckten Bücher übertragen worden.

Noch eine größere geistliche Wirksamkeit eröffnete sich aber
Feigerle durch dessen Ernennung zum k. k. Hofkaplane, und
etwas später zum k. k. Hof- und Burgpfarrer.

§. 4.

Feigerle als Hofkaplan und Burgpfarrer.

Der ausgezeichnet fromme und kirchliche Sinn Feigerle's
kam zur Kenntniß Sr. Majestät des Allergnädigsten Kaisers
Franz I., welcher überhaupt fromme Priester gern in seine
unmittelbare Nähe zog. Und so wurde Feigerle, der bisher
im Zinshause der Elisabethinerinnen, Vorstadt Landstraße,
wohnte, am 15. Juli 1831 zum k. k. Hofkaplan und zugleich zum Spiritualdirector im weltpriesterlichen Bildungsinstitute zum h. Augustin ernannt. Diesen neuen Dienst-
posten, den er am 27. October darauf antrat, konnte er
leider nur drei Jahre versehen. Ein hartnäckiges Halsübel
machte ihm als Spiritual die Vollziehung seines Dienstes
unmöglich und bestimmte den Allergnädigsten Monarchen, ihn
auf sein Ansuchen unterm 25. April 1834, jedoch mit Bei-
behaltung des Titels eines k. k. Hofkaplans, zu entlassen. In
Folge dieser Allerhöchsten Entschließung trat er am 28. October
desselben Jahres aus dem Institutsverbande.

Nach dem Ableben des Herrn Beskiba, Spiritualdirectors
des höheren Priesterbildungs-Institutes, übernahm Feigerle
am 6. Jänner 1839 zum zweiten Male das Spiritualamt,
was, wie der damalige Burgpfarrer und Obervorsteher
Dr. Pletz mittheilte, Se. Majestät Kaiser Ferdinand sehr
wohlgefällig aufgenommen haben.

Aus dieser Zeit stammen vortreffliche Arbeiten Feigerle's in lateinischer Sprache, die er mit Eleganz und Gewandtheit sprach und schrieb. — Als k. k. Hofkaplan machte Feigerle die Reise nach Italien zur Krönung des Kaisers Ferdinand mit.

Als im Jahre 1839 die geistliche Referenten- und Gubernialrathsstelle bei dem galizischen Guberuium in Erledigung gekommen war und der damalige Erzherzog-Generalgouverneur für diese wichtige Stelle einen glaubenstreuen Priester, der zugleich der slavischen Sprache mächtig wäre, suchte, wurde Feigerle für diese Stelle empfohlen. Dieser, nachdem er sich mit seinem Beichtvater, dem sel. Domherrn Schmidt, berathen hatte, sprach seine zustimmende Bereitwilligkeit aus. Inzwischen unterblieb jedoch die Uebersiedelung auf die schwierige Gubernialrathsstelle, weil Feigerle zu einem andern Ehrenposten ausersehen wurde.

Se. Majestät Kaiser Ferdinand I. geruhten nämlich den entschieden frommen Hofkaplan Feigerle nach dem Tode des Burgpfarrers Dr. Pletz mit Allerhöchster Entschließung vom 8. Juni 1840 zum k. k. Hof- und Burgpfarrer und zum Obervorsteher des höheren Weltpriester-Bildungsinstitutes zum heil. Augustin zu ernennen. Gleichzeitig wurde ihm das Indigenat des Königreichs Ungarn und die Abtei B. V. M. de Pagrány verliehen. Herr Anton Buchmayer, Weihbischof der Wiener Metropole, ertheilte ihm auf besagte Pfründe die Investitur, und der Fürsterzbischof Vincenz Eduard Milde am 2. August 1840 in der Schloßkapelle zu Schönbrunn, unter Assistenz der Herren Prälaten Jakob Ruttenstock und Josef Kunszt, die Benedictio abbatialis. Gleichzeitig wurde ihm der Gebrauch der Pontificalien von dem Fürsterzbischof in der ganzen Erzdiöcese Wien gestattet.

Die ehrenvolle und einflußreiche Stellung als Hof- und Burgpfarrer wurde von Feigerle in edler und aufopfernder

Weise benützt. Viele Almosen des Allerhöchsten Hofes gingen durch seine Hände, viele Stiftungen wurden von ihm oder doch auf seine Fürsprache und Verwendung ausgetheilt. Alle frommen Vereine wetteiferten, Feigerle als ihr thätiges Mitglied zu erhalten, wie z. B. die Leopoldinenstiftung, das Comité des unter dem Allerhöchsten Schutze Ihrer Majestät der Kaiserin Maria Anna stehenden ersten allgemeinen Kinderspitals, der Wiener Schutzverein für die aus Straf- und Verwahrungsanstalten entlassenen Personen, der Verein für erwachsene Blinde, das Priester-Kranken- und Deficienten-Institut in Wien, die Gesellschaft der Musikfreunde des österreichischen Kaiserstaates, der Chorregenten-Verein, der Verein zur Beförderung der bildenden Künste u. s. w.

Mit sorgfältiger Genauigkeit oblag er seinen pastoralen Amtspflichten. So hielt er z. B. stets vom Advent bis Ostern an den Sonntags-Nachmittagen die in der Burgkapelle üblichen Predigten, von denen später zwei Cyclus (über die heil. Messe und den geistlichen Kampf) veröffentlicht wurden.

Nicht minder wurde seine kostbare Zeit und Thätigkeit durch die oberste Leitung des höheren weltpriesterlichen Bildungsinstitutes zum heil. Augustin in Anspruch genommen. Er war eifrigst besorgt, daß die aus allen Provinzen der österreichischen Monarchie von ihren Bischöfen dahin gesendeten jungen Priester nicht nur wissenschaftlich, sondern auch zugleich wahrhaft fromm gebildet wurden, daher ihm die jeweilige Ernennung des Spiritualdirectors besonders am Herzen lag. Wie glücklich er in seinen Wahlen war, beweist z. B. die Ernennung des Brixner Diöcesan Franz Josef Rudigier, des jetzigen thatkräftigen H. H. Bischofs zu Linz, welcher den seligen Bischof Feigerle seinen „väterlichen Freund" zu nennen pflegte. Allwöchentlich wohnte Feigerle einmal den im Institute vorgeschriebenen Vorträgen der Herren Institutsdirectoren bei, desgleichen machte er mit den Institutspriestern die österlichen

Exercitien mit und erbaute Alle durch seine ungeheuchelte
Frömmigkeit. Seine Thür stand allen Institutspriestern offen,
mit denen er stets in der lateinischen Sprache zu conver=
siren pflegte.

Als Schreiber dieser Zeilen ein Mitglied des genannten
Institutes war und die üblichen Thesen für die öffentliche
Disputation an der Universität zum Druck vorbereitete, gab
ihm ein höherstehender Geistlicher den Rath, auf den Titel
nicht wie gewöhnlich zu setzen: „sublimioris educationis
presbyterorum Instituti membrum", sondern: „in theo-
logia proficientium". Mir leuchtete der dafür angegebene
Grund ein und so ließ ich die letzteren Worte drucken. Das
trug mir aber eine arge Strafpredigt von Seite des Insti=
tutsvorstehers Feigerle ein. Als ich ihm die Thesen ehrerbie=
tigst überreichte, hielt er mir einen energischen Sermon, worin
er besonders betonte, wie ich es wagen könne, einen Titel zu
ändern, den Se. Majestät der Kaiser gegeben? In emphati=
scher Redefigur fuhr er dann fort: „Und das thut mir ein
Kerschbaumer, auf den ich Häuser gebaut, das thut mir ein
Kerschbaumer?" Auf die weiter gestellte Frage, wer mir diesen
Rath ertheilt habe, antwortete ich mit Stillschweigen; jedoch
im vollen Bewußtsein, daß ich doch keine so hochverrätherischen
Pläne gehegt habe, erlaubte ich mir zu sagen: „Gott wird
meinen Fehler milder beurtheilen." Ein sanft lächelnder Zug
flog über Feigerle's ernste Züge, als ich diese Worte sprach
und er versetzte: „Utique. quia misericors est", fügte aber
noch zweimal hinzu: „Poenitentiam age". — Ob ich für
jenen arglosen Act wirklich büßen mußte, wird einst der Tag
des Gerichtes enthüllen. Als Bischof überhäufte mich Feigerle
keineswegs mit Bußübungen, wohl aber mit vielen unver=
dienten Beweisen seiner ausgezeichneten und huldvollen Liebe.

So manche junge Priester, welche heimwehkrank oder in
sonstigen Anliegen seine Hilfe in Anspruch nahmen, hat er

getröstet, ermuthigt, gekräftigt. Den üblichen Dissertationen der Institutsmitglieder im Hause pflegte er ebenso regelmäßig, wie deren öffentlichen Disputationen an der Universität beizuwohnen. — Als im Jahre 1848 in Folge der verworrenen Zeitereignisse das Institut sich selbst aufzulösen drohte und nur die etlichen Deutschen mit einigen anderen entschlossenen Collegen in demselben verblieben, da mahnte Feigerle zur Beharrlichkeit und erlebte die Freude, daß er nach glücklich hergestellter Ordnung die durch die Zeitumstände etwas relaxirte Institutsordnung wieder einführen konnte. Der gewöhnliche Betchor des Institutes hatte durch das Bombardement der Stadt und den Brand der Augustinerkirche etwas gelitten. Da war es die erste That des nach Wien zurückgekehrten Obervorstehers, daß er ein größeres Zimmer als Betchor herrichten ließ, damit die Zöglinge wie früher das Officium wieder gemeinschaftlich beten konnten.

In diese Periode fällt auch eine Auszeichnung, welche Feigerle von Seite der Wissenschaft zu Theil wurde, nämlich seine Wahl zum Rector magnificus an der Wiener Universität im Schuljahre 1847.

Wie allen Aemtern, so unterzog sich Feigerle auch diesem Ehrenamte mit aller Emsigkeit, Uneigennützigkeit und Opferwilligkeit.

Während seines Rectorates feierte die Wiener Hochschule einen patriotischen Gedächtnißtag.

Am 7. April 1847 nämlich waren es fünfzig Jahre, daß die akademische Jugend aufgeboten wurde, die Waffen gegen den Feind des Vaterlandes zu ergreifen, der bereits innerhalb unserer Grenzen stand. Diesem Aufgebot wurde mit einer freudigen Begeisterung entsprochen, würdig jener Tage von 1529 und 1683, wo die Studirenden den Stürmen der Türken auf Wiens schon in Schutt zerfallenen Mauern heldenmüthig widerstanden, jener Tage, wo die Bürger der

Hochschule wetteiferten mit den Bürgern der Stadt in todes=
muthiger Hingebung von Blut und Leben „für Gott, Kaiser
und Vaterland!"

Der Aufmerksamkeit des Rectors Feigerle entging der für
die Universität so ruhmvolle Gedächtnißtag keineswegs. Seiner
Anregung verdankte man es, daß dieser Tag durch eine
Feier bezeichnet wurde, die um so rührender und erhebender
ward, als sich auf überraschende Weise herausstellte, wie viele
Theilnehmer jenes Aufgebotes noch am Leben waren, die —
auch jetzt eine Zierde des Vaterlandes — in den höchsten
Stellen des Staates und der Kirche sich befanden.

Zur Feier des Tages wurde der 20. April bestimmt,
an welchem zugleich das Restaurationsfest der Universität durch
die Kaiserin Maria Theresia, glorreichen Andenkens, ab=
gehalten zu werden pflegt.

Unser Rector magnificus hatte hiezu einen bedeutenden
Theil der dabei vorgekommenen Auslagen aus eigenen Mit=
teln bestritten. Die k. k. n. ö. Landesregierung ergriff mit
Vergnügen unterm 16. Juni desselben Jahres diese Gelegenheit,
ihm die Würdigung seines edlen Eifers und die Anerkennung
der hohen Studien=Hofcommission auszudrücken.

Es ist jedoch noch eine wichtige Sphäre der pastoralen
Wirksamkeit übrig, in welcher wir den ehemaligen Hof= und
Burgpfarrer Feigerle zu schildern haben, nämlich als Beicht=
vater.

§. 5.
Feigerle als Beichtvater Sr. Majestät des Kaisers Ferdinand.

Als Hof= und Burgpfarrer widmete sich Feigerle mit
der ihm eigenthümlichen Emsigkeit und Gewissenhaftigkeit auch
der Ausspendung des heil. Bußsakramentes. Viele aus dem

hohen Adel zählten zu seinen Beichtkindern; sein vornehmstes aber war Kaiser Ferdinand I.

Als in Folge der Unruhen des Jahres 1848 Kaiser Ferdinand im Mai nach Tirol und im October nach Mähren flüchtete, folgte Feigerle als Beichtvater des Kaisers nach Innsbruck und Olmütz und weilte größtentheils während jener düsteren Epoche an dem kaiserlichen Hoflager als geistlicher Tröster und Rathgeber. Es war dies für Feigerle eine zu jener aufgeregten Zeit gewiß doppelt schwierige Aufgabe. So manche Drohbriefe wurden ihm zugesandt mit dem Auftrage, Se. Majestät den Kaiser Ferdinand zur Rückkehr nach Wien zu bewegen; und als Feigerle an einem Maitage von Schönbrunn nach Wien fuhr, hielt man seinen Wagen an mit dem Rufe: „Heraus mit ihm!" und nur mit Mühe herbeigekommener Freunde wurde er vor weiteren Insulten gerettet.

Als Se. Majestät Ferdinand I. der österreichischen Kaiserkrone zu Gunsten Allerhöchstihres Neffen Franz Joseph I. am 2. December 1848 zu Olmütz entsagten, war Feigerle Zeuge dieses hochwichtigen historischen Actes. Der fromme Kaiser Ferdinand kam nicht mehr nach Wien zurück, sondern schlug sein ständiges Hoflager auf dem Hradschin zu Prag auf.

Burgpfarrer Feigerle wanderte von Zeit zu Zeit nach Prag und leistete dort in Dingen, die das Seelenheil betreffen, seinen Beistand. Als jedoch dessen Kräfte in Wien vielseitig in Anspruch genommen wurden und Se. Majestät Kaiser Ferdinand hievon in Kenntniß kamen, geruhten Höchstdieselben ihm in Briefform Nachstehendes mitzutheilen:

„Lieber Abt Feigerle! Sie haben Mir in der langen ereignißschweren Zeit, seit Ich Sie zu dem wichtigen Posten berief, den Sie bekleiden, so viele Beweise Ihrer treuen Anhänglichkeit und Sorgfalt für Mich gegeben und Mir als Gewissensrath so gute Dienste geleistet, daß Ich es gerne gewünscht hätte, Sie stets bei Mir behalten zu können. Da

Ich indeſſen weiß, daß Se. Majeſtät Mein Herr Nachfolger Sie nur ungern dem Dienſtpoſten entzogen ſähe, auf dem Sie ſtehen und wo Sie weit mehr Gutes wirken können, muß Ich, ſo ſchwer es Mir fällt, dieſem Wunſche entſagen. — Indem Ich gleichzeitig eine andere Wahl zu treffen Mich veranlaßt finde, kann Ich Mir es nicht verſagen, Ihnen für Ihre bisherigen Mir ſehr werthen Dienſte perſönlich zu danken und den Wunſch beizufügen, daß Sie fortwährend noch Mein außerordentlicher Gewiſſensrath bleiben, in beſonderen Veranlaſſungen Mir mit Ihrem bewährten treuen Rathe beiſtehen und, wenn es Ihre Berufsgeſchäfte geſtatten, Mich auch in Zukunft ein und anderes Mal im Jahre beſuchen mögen. Dabei empfehle Ich Mich und Meine Frau in Ihr frommes Gebet und verbleibe Ihr wohlgeneigter Ferdinand m/p. Prag, den 24. März 1851."

Feigerle machte von dieſer Allerhöchſten Einladung dreimal Gebrauch und fand am kaiſerlichen Hoflager jederzeit die allerhuldvollſte Aufnahme. Der fromme Gaſt mußte in der kaiſerlichen Burg wohnen, und kaiſerliche Equipagen ſtanden ihm zu Gebote. Als Feigerle vom Schloſſe Reichſtadt wegfuhr, wo er Se. Majeſtät beſucht hatte, verweilten Allerhöchſtdieſelben ſo lange auf dem Balcon, bis der Wagen verſchwunden war. Als kaiſerliche Geſchenke empfing Feigerle zwei Brillantringe und eine goldene Doſe (Feigerle ſchnupfte nicht), die er ſtets in hohen Ehren hielt. Als Kaiſer Ferdinand hörte, daß Feigerle eine neue Kirche in der Diöceſe St. Pölten mittelſt Sammlungen baue, ließ er ihm ſogleich 4000 fl. als Beitrag zuſtellen.

Das geiſtige Band des Seelenverkehres beſtand trotz der räumlichen Trennung fort und wurde mit den Jahren nur noch inniger.

So hatte ſich Feigerle in weltlichen, kirchlichen und wiſſenſchaftlichen Kreiſen eine hohe Werthſchätzung zu verſchaffen gewußt. Am Allerhöchsten Hofe, bei der Aristokratie, bei den hohen Staatsbeamten war Feigerle ebenso gekannt und geach= tet, wie im Palaste des päpstlichen Nuntius Altieri und Viale Prelà und in der fürsterzbischöflichen Residenz zu Wien. Es war vorauszusehen, daß Feigerle noch zu Höherem be= stimmt war.

§. 6.

Feigerle als ernannter Bischof von St. Pölten.

Als der sel. Bischof von St. Pölten, Anton Aloys Buchmayer, am 2. September 1851 die Augen geschlossen hatte, bezeichnete die allgemeine Stimme den Burgpfarrer Ignaz Feigerle als dessen Nachfolger im bischöflichen Amte. Vox populi, vox Dei.

Wirklich hatten Seine kaiserl. königl. Majestät Franz Joseph I. mit der Allerhöchsten Entschließung vom 2. December 1851 den Hof= und Burgpfarrer Dr. Ignaz Feigerle zum Bischofe von St. Pölten Allergnädigst zu ernennen geruht. Von dieser Allerhöchsten Entschließung wurde derselbe durch das hohe Ministerium für Cultus und Unterricht mit Decret vom 6. December in Kenntniß gesetzt und ihm zugleich über= lassen, wegen Erwirkung der päpstlichen Confirmation unver= weilt die erforderlichen Schritte einzuleiten.

Der canonisch vorgeschriebene Informativ= und Defini= tiv-Proceß nahm einen so schnellen Verlauf, daß schon am 15. März 1852 die Präconisation in einem Consistorium und die päpstliche Bestätigung des Postulanten erfolgen konnte. Feigerle wurde am 25. April darauf in der k. k. Hof= und Burgpfarrkirche von dem Fürst=Erzbischofe Vincenz Eduard Milde, unter Assistenz der hochw. Herren Bischöfe Johann Michael Leonard und Franz Zenner zum Bischofe geweiht.

Auf seine bischöfliche Consecration bereitete sich Feigerle durch achttägige Exercitien vor, welche er in dem Priester= bildungsinstitute zum heil. Augustin, dem er so lange rühm= lich vorstand, voll heiligen Eifers hielt.

Nach vollzogener Consecration unternahm Bischof Fei= gerle eine Reise nach Prag, um Sr. Majestät Kaiser Ferdi= nand die gebührende Aufwartung zu machen, und in die Mutterdiöcese nach Olmütz, um von dem Grabe seiner theuren Eltern und so vieler lieben Bekannten Abschied zu nehmen.

Im Dorfe Ramiescht herrschte große Freude, daß ein Eingeborner zu so hoher kirchlicher Würde gelangte, und Alles bestrebte sich, dem neu ernannten Bischof die schuldige Ehr= furcht und Theilnahme zu bezeugen. Feigerle blieb sich gegen Alle gleich und beehrte sogar einen verheirateten Bauer, der einst bei seinen Eltern als Knecht gedient hatte, mit einem Besuche.

Endlich hieß es von Wien scheiden. Die allgemeinen Gratulationen und die zahllosen Abschiedsbesuche bewiesen, wie beliebt Feigerle in allen Kreisen war.

In einem mit zwei Braunen, einem Geschenk Sr. Ma= jestät Franz Joseph I., bespannten Wagen reiste Feigerle am 22. Mai nach St. Pölten.

§. 7.

Antritt des Bisthums St. Pölten.

Die Reise nach St. Pölten war vom schönsten Maiwetter begünstigt. Auf dem Rieberberge, wo die Grenzen der Diö= cese beginnen, erwarteten zwei Domherren als Repräsentanten des Domcapitels den künftigen Oberhirten. Und nun glich die Reise einem Triumphzug. In allen Ortschaften, durch welche der neue Bischof fuhr, waren die Gläubigen mit ihren

Seelsorgern zum Empfange bereit, überall wurde Halt ge=
macht und auf kurze Zeit die Kirche besucht. In Pottenbrunn,
der letzten Station vor St. Pölten, harrten des neuen Ober=
hirten berittene Bürger der Stadt St. Pölten. Gegen 6 Uhr
Abends kam Bischof Feigerle in St. Pölten an, stieg vor der
Kathedrale ab, machte darin den ersten Besuch und empfing
darauf im bischöflichen Palaste die üblichen Begrüßungen.

Tags darauf, es war der sechste Sonntag nach Ostern,
fand die feierliche Introduction in die bischöfliche Kathedrale statt. Geschmückt mit Inful und Stab bestieg Feigerle
die Kanzel der ehrwürdigen Kathedrale und begrüßte seine
Diöcesanen in feierlicher Ansprache. Er begann mit dem Bilde
des guten Hirten, in welchem er seine und des Volkes Pflich=
ten schilderte, und zwar unter folgenden drei Gesichtspunkten:
„Meine erste Pflicht ist: Euch unterrichten im Glauben, die=
sen in Euren Herzen bewahren, befestigen und so lebendig
machen, daß er in Werken der heiligen Liebe, in den Werken
der Frömmigkeit sich offenbare ... Eine andere wichtige
Pflicht für mich ist, Euch in Allem voranzugehen mit gutem
Beispiele, Euch ein Vorbild zu sein in jeder Tugend ...
Die dritte Pflicht für mich ist, Euch zu leiten und zu
schützen und, wenn es Noth thut, mein Leben für Euch hin=
zugeben, und Eure Pflicht ist, Euch von mir leiten zu lassen,
mir Vertrauen und Gehorsam zu beweisen."

Die Rede machte auf alle Anwesenden einen tiefergreifen=
den Eindruck. Wir lassen noch einige Kraftstellen, welche zu=
gleich den Meister des Styles kundgeben, hier folgen.

„Als ich noch in der Kaiserstadt weilte, lobte man mir
von vielen Seiten Euren Glauben und Eure Anhänglichkeit
an die heilige römisch=katholische Kirche und Eure Treue
gegen den Kaiser. Welcher Ruhm für Euch! welcher Trost
für mein Herz! O bewahret doch diesen kostbaren Schatz,
diese unschätzbare Gabe Gottes; denn Gold und Silber, Gut

und Reichthum sind ihr nicht gleichzuachten. Kein Reich= thum und keine Ehre und kein Gut dieser Welt ist größer als der katholische Glaube, sagt der heilige Augustinus. Bewahret ihn aber, diesen heiligen ka= tholischen Glauben, treu und fest, nicht blos in Eurer Brust, sondern auch in Eurem Hause, in Eurer Gemeinde, in Eurer Stadt; besonders in dieser Zeit voller Stürme, die so frucht= bar ist an Gottlosigkeit, Unglauben, Zweifelsucht und religiöser Gleichgültigkeit. Lasset ihn, den heiligen Glauben, durchdringen Euer ganzes Denken und Thun, Euer ganzes häusliches Wesen. Lasset ihn leiten die Erziehung Eurer Kinder, die Führung Eures Amtes, den Betrieb Eures Gewerbes und regeln alle Eure Verhältnisse im öffentlichen und Privatleben. Lasset ihn hervortreten im eifrigen Gebete, in häuslicher Andacht, in der freudigen Theilnahme am öffentlichen Gottesdienste, in Eurem ganzen Thun und Lassen, in der Eintracht der durch das heilige Band der Ehe vereinten Herzen, in dem Frieden Eures Hauses, in der muthvollen Vertretung der Wahrheit und des Rechts und der öffentlichen Ordnung, wo es Noth thut; allzeit aber und überall in der Liebe zu den Armen, diesen Lieblingen des Herrn, der selbst arm werden wollte, um uns reich zu machen, reich zu machen an Gnade und Erbarmung. Reich ist dann des Glaubens Segen für ein= zelne Menschen und ganze Familien; für einzelne Gemeinden und das ganze Land. Dann finden die Wühler, sei es auf kirchlichem, sei es auf bürgerlichem Boden, kein Gehör. Der Mann des Glaubens ist auch der Mann der Treue, wie gegen Gott und Seine Kirche, so gegen den Kaiser und seine Organe. — O daß es mir doch gelänge, auch die, so noch nicht im Schafstalle des Herrn sich befinden, in diesen einzuführen, auch die, so die Wahrheit noch nicht kennen, zur Erkenntniß der Wahrheit zu führen und hiedurch zu ihrer Seligkeit! . . . . . Ach wer beschreibt die Wonne meines Herzens, wenn ich als Bischof, wie gestern und heute beim Antritte meines hohen Amtes, so im Verfolge nur segnen, nur wohlthun, nur Gnaben über mein Volk herabsehen könnte! Wer beschreibt die Wonne meines Herzens, wenn ich nur lehren, bitten und mahnen, aber nie drohen oder wohl gar strafen müßte! Darum haltet, meine theuren Kinder, die Gebote, die Gebote Gottes und Seiner Kirche; beobachtet die Gesetze des Staates; seid treu Gott und der Kirche und treu auch unserm guten Kaiser, gehorsam jeder gesetzlichen Obrigkeit; thut stets, was Recht ist. Und hat sich Jemand verirrt auf Abwege, verloren und verlaufen in der Wüste des Lebens: o er verhärte nicht sein Herz, er kehre alsbald wieder zurück und thue Buße; o er höre alsbald die Stimme seines Hirten und dessen ihm nacheilenden Schritte und Tritte und fliehe nicht, wie einst jener unter die Räuber gerathene verwilderte Jüngling vor Johannes dem Evangelisten; sondern höre und stehe still und lasse sich finden und zurückbringen in den Schafstall des Herrn, damit groß sei die Freude der Engel über einen Sünder, der Buße thut, mehr denn über neun und neunzig Gerechte, welche der Buße nicht bedürfen. Reue, Bekehrung, Buße wird die Blitze, welche der Herr niedergelegt in die Hand der Vorsteher seiner Kirche, ableiten und unschädlich machen. Sie wird die Seele des Verirrten retten. Ein schwacher Mensch ist nicht im Stande, Euch allzeit zu helfen oder auch nur zu rathen, nun so sollt Ihr wenigstens meine Thränen haben. Eure Freude wird meine Freude, Eure Trauer meine Trauer sein. Ich werde wie ein Freund und Vater theilnehmen an Euren Geschicken. Die Liebe wird uns einigen, die Liebe, deren Grund die feurigste Gottes- und Christusliebe ist. Und wo eine solche Liebe ist, da werden auch die Leiden und Trübsale und Widerwärtigkeiten dieses Lebens geduldig getragen; leicht wird die Bürde, die der Herr uns auferlegt, und sein Joch süß. Dann wird auch die **H o f f n u n g** uns erblühen . . . . Bittet, heiliger Hippolyt, heiliger Leopold, ihr Patrone Oesterreichs und dieser Diöcese, für mich und mein Volk! Bittet, daß der Herr die Fülle seiner Gnade über uns ausgieße, damit wir alle in Demuth und Furcht und Liebe wandeln vor Ihm und Ihm wohlgefallen und einst selig werden!"

Wie treu Bischof Feigerle gehalten, was er in seiner Antrittsrede seiner Diöcese versprochen, wird aus folgendem Paragraph erhellen.

§. 8.

Feigerle's bischöfliche Wirksamkeit.

Alsbald machte das fromme und leutselige Wesen des neuen Bischofs auf Alle, die in seine Nähe kamen, den besten Eindruck. Zwar schien es Anfangs, als hätte man ein rigoroses Auftreten von Seite Feigerle's erwartet, aber seine Milde und Freundlichkeit verscheuchte alle Besorgnisse. Fromm waren auch die früheren Bischöfe gewesen, aber so gewinnend fromm noch keiner. Nicht nur, daß er alle Stände, besonders das Militär, durch seine geistreiche und gebildete Conversation für sich gewann, man konnte es auch sehen und hören, daß sein frommes Beispiel auf Klerus und Volk nicht ohne Nachwirkung blieb.

Einen zwar langsam wirkenden, aber desto nachhaltigeren Eindruck machte seine wahrhaft kindliche Frömmigkeit und sein heiliger Eifer, den er bei jeder Gelegenheit — ohne Ostentation oder Provocation — an den Tag legte.

So z. B. pflegte Feigerle tagtäglich dem Nachmittagssegen und jeden Sonn- und Feiertag nebst dem Hochamte auch der Predigt beizuwohnen. Seitdem wurden die Predigten auch vom Volke fleißiger besucht. Nicht genug. Feigerle begann selbst an Sonntags-Nachmittagen einen Cyclus von Predigten, den er mehrere Jahre hindurch von Advent bis Ostern fortsetzte, so daß sich Alles über seine Thätigkeit, seine rhetorische Gewandtheit, seine theologische Gelehrsamkeit wunderte.

Alles Zureden wohlmeinender Freunde aus Wien, sich mehr zu schonen, blieb vergebens: was Feigerle für seine Pflicht erachtete, davon konnte ihn nichts abbringen. Als ihm die Aerzte später diese Anstrengung verboten, gehorchte Feigerle allerdings, aber er ließ es sich nicht nehmen, auf allen apostolischen Visitationen oder bei anderen außerordentlichen Gelegenheiten das Wort Gottes dem gläubigen Volke, „seinen Kindern", wie er es anzureden liebte, zu verkündigen.

Was Bischof Feigerle während der zwölfthalb Jahre seiner oberhirtlichen Regierung — begünstigt von den Verhältnissen — leistete, ist wahrhaft großartig und staunenswerth. Sonst pflegen hochgestellte Männer, welche in die Zeit eingreifen, sich damit zu begnügen, wenn die Früchte ihres Strebens und Wirkens von der nachfolgenden Generation genossen werden; Feigerle hatte das Glück, die von ihm gelegte Saat nicht nur emporkeimen und blühen zu sehen, sondern theilweise auch selbst noch die Früchte zu ernten.

Ein gedrängter Ueberblick seiner bischöflichen Thätigkeit wird dieses zeigen.

Noch in dem ersten Jahre des Biosthumsantrittes ließ Feigerle in der bischöflichen Domkirche zu St. Pölten eine Volksmission durch die Väter der Gesellschaft Jesu abhalten, die vom 12. bis 22. December dauerte. Es war dies für die damalige Zeit ein kühnes Unternehmen. Die im Jahre 1848 aus Oesterreich vertriebenen Jesuiten hatten wohl seitdem als Volksmissionäre wahre Triumphe in ganz Deutschland gefeiert, aber nach Oesterreich hatten sie noch keinen Ruf erhalten. Feigerle wendete sich an den Provinzial P. Beckx und dieser sagte ihm vier der ausgezeichnetsten Ordenspriester zu (P. Joseph und P. Max Klinkowström, P. Schmude und P. Rohman), welche auch die Mission mit dem segensreichsten Erfolge hielten. Die Mission zu St. Pölten war vielleicht in ihrer Art weit und breit die glücklichste zu nennen und nicht ohne Einfluß auf die fernere Thätigkeit der Jesuiten im neuen Oesterreich. — Eine actenmäßige Darstellung jener Mission wurde auf Veranlassung und Kosten Feigerle's von dem Schreiber dieser Zeilen für den Druck bearbeitet. Der Magistrat der Stadt St. Pölten ließ zum Andenken an die heil. Mission eine eigene Medaille prägen. Für die Stadt St. Pölten und deren Umgebung war aber die abgehaltene Mission in der That ein denkwürdiger Wendepunkt im kirchlichen Bewußtsein.

Nach dem Vorbilde St. Pölten's wurden an mehr als 30 Stationen der Diöcese Missionen abgehalten, und wo es ein bischen möglich war, verherrlichte Bischof Feigerle dieselben durch seine Gegenwart wenigstens am Schlusse.

Am 30. November 1852 wurden die Schul= oder Regelschwestern von Bischof Feigerle in das Mutterhaus zu Judenau eingeführt, welches ihnen die Munificenz der Fürstin Franziska von und zu Liechtenstein bereitet und wozu Se. Majestät der Kaiser die nöthigen Fonds angewiesen hatte. Von jener Lehr= und Erziehungsanstalt für arme Waisenkinder sind seitdem Filialen zu Weitra, Tulln und Persenbeug ausgegangen.

In der Kathedralkirche und nach diesem Vorbilde in der ganzen Diöcese wurde die Maiandacht zu Ehren der makellosen Jungfrau eingeführt, wobei Feigerle in der Regel selbst die Eröffnungs= und Schlußrede hielt. „Kann die unter dem Namen „Monat Maria" bekannte Andacht in Stadt= und Landgemeinden eingeführt werden? wie wäre sie einzurichten?" lautete die erste von Feigerle aufgestellte Pastoral=Conferenzfrage.

Da die Zahl der Candidaten des Priesterstandes immer abnahm und die Gefahren für junge Studirende sich mehrten, so errichtete er ein Diöcesan-Knabenseminar, das er unter den Schutz Mariens stellte und Marianum nannte. Zwei Jahre hindurch wurden die ersten Zöglinge der St. Pöltener Diöcese im Knabenseminar zu Linz auf dem Freinberge unter= gebracht, bis in Krems ein eigenes Haus dafür hergerichtet und unter die Leitung eines Directors gestellt wurde. Es zählt jetzt 64 Zöglinge; 10 sind bereits in das Klerikalseminar übergetreten.

Die Priesterexercitien, welche sein Vorfahrer im Bisthume eingeführt hatte, erweiterte Feigerle insoferne, daß er sie fast alljährlich zweimal, nämlich im Kreise dies= und jenseits der Donau, abhalten ließ. Er berief dazu zumeist Ordensmänner (Jesuiten, Redemptoristen, Lazaristen), aber auch Weltpriester. Für die an denselben theilnehmenden Cooperatoren trug Feigerle selbst die entfallenden Kosten.

Unter Feigerle's Regierung wurden im Jahre 1856 die Töchter der christlichen Liebe des heil. Vincenz von Paul von Seite der hohen Staatsverwaltung mit der Ver= waltung der häuslichen Wirthschaft, dann mit der Kranken= pflege und der Aufsicht über die Beschäftigung der Sträflinge in der Strafanstalt zu Stein an der Donau betraut. Bi= schof Feigerle brach auch diesen Armen und Unglücklichen öfters das Brot des Lebens und ließ keine den Sträflingen gehaltene Mission vorübergehen, ohne wenigstens dem Schlusse und wo möglich der General=Communion beizuwohnen. — Im Jahre 1859 wurde denselben Ordensschwestern das städtische Krankenhaus zu St. Pölten übergeben, bei welcher Gelegen= heit Feigerle wie gewöhnlich das kirchliche Moment des Er= eignisses in einer feierlichen Anrede hervorhob.

Die Congregation der Redemptoristinnen zu Gars bezog das neu errichtete Kloster daselbst, so daß die Zahl der weiblichen Klöster, welche sich beim Antritt seines Episcopates auf zwei belief, gegenwärtig im Ganzen neun beträgt.

Das von dem seligen Bischof Buchmayer gegründete Taubstummen-Institut wurde unter Feigerle neu organisirt und erweitert.

Unter Feigerle wurden die katholischen Gesellenvereine in der Diöcese eingeführt, und zwar zu St. Pölten, Zwettl, Stein an der Donau und Weitra. Dem St. Pöltener Vereine war Feigerle ein besonders wohlthätiger Protector, und wurde auch von ihm der jeweilige Präses dieses Vereines zum Diöcesanpräses ernannt. In der Regel spendete er an die Mitglieder des Vereines die heil. Communion aus, wenn sie gemeinschaftlich zum Tische des Herrn gingen; auch weihte er selbst deren Vereinsfahne.

Auf seine Anordnung wurden in der heil. Quadragesimalzeit die Freitagsprebigten eingeführt, so daß also wöchentlich drei Fastenpredigten (wie es das Tridentinum wünscht) am Ort des Bischofssitzes gehalten wurden. Einmal ließ er auf seine Kosten einen Ordenspriester der Wiener Erzbiöcese nach St. Pölten kommen, um die Fastenpredigten daselbst zu halten. — Durch Begründung des Theologal-Canonicates hatte er zugleich für Abventpredigten gesorgt, welche der jeweilige Canonicus theologus zu halten hat.

Die kirchliche Wirksamkeit des seligen Bischofs Feigerle leuchtet selbst aus anscheinend minder wichtigen oberhirtlichen Anordnungen hervor. So, um nur Einiges zu erwähnen, verbot er das sogenannte Präambuliren während der Wandlung, damit die Andacht der Gläubigen nicht gestört und dem Gefühle der Anbetung des großen Geheimnisses der gebührende Ausdruck gegeben werde. — Die Firmlinge mußten während des Ausspendungsactes knieen. — Die Ordinationstage der Priesterstandscandidaten wurden alljährlich in der ganzen Diöcese von der Kanzel aus dem

christlichen Volke verkündet, damit es sich an dem heiligen
Weihungsacte im Geiste betheiligen konnte. — Die Samm=
lungen für wohlthätige Zwecke mehrten sich in der Diöcese,
ohne die frommen Beiträge zu verringern. Beweis dafür
sind: die durch Sammlung zu Stande gekommene Kirche zu
Neuhaus, das stets wachsende Capital des Diöcesan=Knaben=
seminars, die Collecte für das Taubstummen=Institut, für die
Präparanden ꝛc. — Die an die ganze katholische Kirche und
speciell an die Diöcese St. Pölten erlassenen päpstlichen Bre=
ven wurden nicht, wie früher, blos einfach citirt, sondern
in extenso currendaliter mitgetheilt. – Unter ihm wurde
das kirchliche Institut der Prosynodal=Examinatoren
eingeführt.

Die Entstehung und Förderung der theologischen Diö=
cesan=Zeitschrift „Hippolytus", welche zuerst 1858 erschien,
ist ganz vorzüglich Bischof Feigerle zu verdanken; er wollte
dadurch die Hebung des kirchlichen Sinnes und Lebens be=
wirken, den praktischen Bedürfnissen der Seelsorge Rechnung
tragen und einen Einigungspunkt der literarischen Bestre=
bungen des Diöcesanklerus schaffen. Viele seiner Predigten
übergab er selbst der Redaction des „Hippolytus". Die noth=
wendig gewordene zweite Auflage des ersten Heftes besorgte
Feigerle auf seine eigenen Kosten.

Zur Belehrung der Gläubigen wurden dem Klerus die
neueren Entscheidungen der S. Poenitentiaria bezüglich des
kirchlichen Fastengebotes mitgetheilt. — Für die zweite Säcu=
larfeier der marianischen Gnaden= und Wallfahrtskirche
Mariatafel im Jahre 1860 suchte Feigerle beim heil.
apostolischen Stuhle um Verleihung von Ablässen nach, be=
suchte während des Jubeljahres dreimal den heil. Gnadenort
und hielt am Sylvesterabend den feierlichen Schlußgottesdienst.
Die Zahl der Wallfahrer und Communicanten betrug in die=
sem Jubeljahre bei 228,000. — Das neue Calendarium

der St. Pöltner Diöcese wurde auf Feigerle's Veranlassung vom heil. Stuhle in Rom approbirt und in der Diöcese mit dem Jahre 1863 eingeführt.

Mit seiner Billigung erging an die Diöcesanen die Einladung zu einer Adresse an den glorreich regierenden Papst Pius IX., worin sie ihre Entrüstung über den ungeheueren Frevel aussprachen, mit dem gottlose Menschen sein Recht antasten und das Erbgut des heil. Petrus ihm und der Kirche schlechthin rauben wollten. Die Zahl der Unterschriften betrug 28,000.

Unter den frommen kirchlichen Vereinen empfahl er den schon bestandenen Leopoldinen-Verein zum Heile und Gedeihen der amerikanischen Kirchen; die Sammlungen zur Unterstützung der Missionen am h. Grabe zu Jerusalem, und den Marienverein für Centralafrika. Folgende kirchliche Vereine wurden von Feigerle neu in die Diöcese eingeführt: der Verein der h. Kindheit 1857; der Bonifaciusverein 1857; der Verein der unbefleckten Empfängniß Mariens zur Unterstützung der Katholiken im Orient 1858; die marianische Gesellschaft zur Verbreitung guter Schriften in Innsbruck 1858; die St. Michaels-Bruderschaft 1861.

Die Pastoral-Conferenzen, als ein Mittel für die theologische Fortbildung des Klerus und die einheitliche Praxis in der Seelsorge wurden von Feigerle durch einen Hirtenbrief ddo. 4. Juli 1855 eingeführt. Die betreffenden Fragen schrieb er stets eigenhändig auf; die eingelaufenen Antworten las, corrigirte, recensirte und redigirte er selbst, bevor sie im Conferenz-Archiv des „Hippolytus" erschienen. Gelungene Arbeiten ließ er ämtlich beloben.

Um die Zierde des Hauses Gottes zu vermehren, gab er sich alle Mühe, die Restaurirung der bischöflichen Kathedrale zu Stande zu bringen. Es wurde darauf eine bedeutende Summe verwendet, welche von Sr. k. k. apost.

Majestät aus dem Religionsfonde Allergnädigst genehmigt worden war. Welche Freude durchzog des eifrigen Oberhirten frommes Herz, als er mit der frohlockenden Gemeinde nach anderthalbjähriger Entbehrung in die prachtvolle Domkirche einziehen konnte! Die feierliche Eröffnung geschah am 3ten October 1858, zugleich mit der Eröffnung des damals ausgeschriebenen Jubiläums.

Ueberall sah er strenge darauf, daß die Gotteshäuser und Kapellen in gebührendem Zustande gehalten und die liturgischen Vorschriften bezüglich der Gewänder, Geräthe ꝛc. genau beobachtet wurden. Als er daher gelegentlich einer Wallfahrtsreise nach Maria-Zell in den Gebirgsort Neuhaus kam und daselbst das Kirchlein unter Einem Dache mit dem Wirthshause fand, da ruhte er nicht, bis der Gedanke ausgeführt ward, daselbst ein neues Kirchlein zu bauen, das durch Sammlungen in der Diöcese auch glücklich zu Stande kam, und zwar in einer Weise, welche jedes katholische Herz erfreuen muß. Als man den Eifer des Bischofes sah, wetteiferten andere fromme Seelen, um das arme Kirchlein mit dem Nothwendigsten zu versehen, so daß jetzt nicht leicht eine Kirche so schöne Ornate und Utensilien aufweisen kann, wie das Kirchlein zu Neuhaus. Auch vom Standpunkte der Kunst ist das gothische Baudenkmal, das Feigerle am 24. August 1855 mit Seelenwonne consecrirte, nur zu loben. Se. Majestät der Kaiser Franz Joseph, Allerhöchstwelcher sich gelegentlich einer Durchreise (incognito) von dem oben geschilderten traurigen Zustande einer katholischen Kirche in Oesterreich persönlich überzeugt hatten, spendeten dazu 1000 fl.

Ein glänzendes Zeugniß der Hirtensorgfalt Bischof Feigerle's sind die vielen schönen Hirtenbriefe, die er an seine Priester und an sein gläubiges Volk erließ. Keine außerordentliche Veranlassung ging vorüber, die er nicht ergriff, um dieselbe dem Volke im Lichte des Glaubens zu beleuchten und es zu dem entſprechenden Verhalten zu ermahnen; kein Hirtenbrief ſchloß, ohne die Gläubigen zum eifrigen Gebete für Se. Heiligkeit den Papſt und Se. Majeſtät den Kaiſer aufzuforbern. Von ſeiner Antrittsrede bei Gelegenheit der feierlichen Beſißnahme des biſchöfl chen Stuhles von St. Pölten war ſchon oben die Rede. — Weitere Hirtenbriefe erließ er bei Gelegenheit des Februar-Attentates auf Se. Majeſtät den Kaiſer ddo. 22. Februar 1853; gelegentlich des von Sr. kaiſerlichen Hoheit Erzherzog Ferbinand Max angeregten Planes zum Baue der Votivkirche in Wien ddo. 8. März 1853; des Abſterbens des Wiener Metropoliten Fürſterzbiſchof Vincenz Eduard Milde ddo. 27. März 1853; der Errichtung eines Diöceſan-Knabenſeminars ddo. 16. Juni 1853; des Baues der neuen Kirche zu Neuhaus im Scheibbſer Decanate ddo 5. Juli 1853; anläßlich des Beſuches Sr. Eminenz des päpſtlichen Nuntius zu Wien Carbinal Viale Preſâ in St. Pölten ddo. 24. Auguſt 1853; gelegentlich der kaiſerlichen Gabe (Ferbinand I.) von 4000 fl. für den Bau der Kirche in Neuhaus ddo. 27. Jänner 1854; der Vermählungsfeier Sr. k. k. apoſtoliſchen Majeſtät ddo. 11. April 1854; der Delegation der Ausſpendung des Sterbeablaſſes an alle jurisbictionirten Prieſter der Diöceſe ddo. 18. Juni 1855; der dogmatiſchen Entſcheidung der unbefleckten Empfängniß Maria, ddo. 19. März (lateiniſch) und 25. März 1855 (deutſch); der Einführung der Paſtoralconferenzen ddo. 4. Juli 1855; der Abſchließung des Concorbates ddo. 15. November 1855, (lateiniſch) ddo. 8. December 1855; der Einführung der kirchlichen Ehegerichte ddo. 15. December 1856; der Pulverexploſion in Mainz ddo. 28. November 1857; der Einführung des Vereines von der unbefleckten Empfängniß zur Unterſtüßung der Katholiken im Orient ddo. 15. Februar 1858; der Geburt des Kronprinzen Rubolph ddo. 22. Auguſt 1858; des Jubiläums im Jahre 1858 ddo. 12. Septbr.; des ausgebrochenen Krieges im Jahre 1859 ddo. 2. Mai; zur Erlangung des Friedens ddo. 5. Octbr. 1859; gelegentlich der feindlichen Angriffe auf das Patrimonium Petri ddo. 1. November 1859; anläßlich der Erklärung der H. H. Bischöfe über die weltliche Herrschaft des Papstes ddo. 11. März 1860; anläßlich der Antwort Sr. Heiligkeit auf die Adresse der Diöcese St. Pölten ddo. 8. Juni 1860; anläßlich einer Sammlung für die bedrängten Christen in Syrien ddo. 7. September 1860; zur Unterstützung des heil. Vaters ddo. 17. März 1861; bezüglich des Diöcesan-Taubstummen-Institutes ddo. 22. August 1861; anläßlich der verheerenden Donau-Ueberschwemmung ddo. 16. Februar 1862; anläßlich der Reise nach Rom ddo. 6. Mai 1862; und der glücklichen Rückkehr von Rom ddo. 27. Juli 1862. In Summa 33 Hirtenbriefe.

Den bischöflichen Visitationen widmen wir ein eigenes Capitel.

§. 9.

Die bischöflichen Visitationen.

Die canonischen Generalvisitationen nahm Bischof Feigerle alljährlich mit Gewissenhaftigkeit und großer Anstrengung vor, 5 bis 6 Wochen auf ein Decanat verwendend. Zuerst besuchte er größere Stationen der Diöcese, um zu firmen und Priester und Gläubige besser kennen zu lernen; später kam er in jede, auch die kleinste Pfarre und Kapelle des visitirten Decanates. Ueberall predigte er nach dem Evangelium der Messe mit heiligem Eifer und nie ohne sorgsame Vorbereitung, in der Regel 1 bis 1½ Stunde.

Was aber seine Visitationen ganz vorzüglich auszeichnete, waren die Generalcommunionen, welche er in allen Pfarrkirchen selbst ausspendete. Dadurch wurden die Tage

der bischöflichen Visitation zu wahren Gnaden- und Segens-
tagen. Er theilte, der gute Hirt, mit seinen Schäflein das
Allerheiligste. Manchmal waren es über Tausend, welche die
heil. Communion aus seinen Händen empfingen. Und wie
freute ihn das!

Folgende Tagesordnung wiederholte sich auf fast allen
Stationen der Diöcese, welche vom Bischof Feigerle visitirt
wurden.

Um 7 Uhr zog er feierlich in die Pfarrkirche ein und
brachte dem Allerhöchsten für die Pfarrgemeinde das heiligste
Meßopfer dar; nach dem Evangelium verkündigte er jedesmal
das Wort Gottes, wozu er gewöhnlich die Kanzel bestieg, in
kleineren Kirchen aber vom Altare aus sprach. — Mit seiner
Communion vereinigte er zugleich die Generalcommunion,
wobei zuerst die Schüler der zweiten Klasse, dann die Wieder-
holungsschüler, hierauf die erwachsene Jugend und letztlich die
Verheiratheten erschienen. Je größer die Anzahl der Communicanten, desto größer war auch seine Freude darüber. Nach
beendigter Messe nahm er im Pfarrhof ein Frühstück, während
welcher Zeit in der Kirche die Firmlinge zum Empfange des
heil. Sakramentes der Firmung in Ordnung gebracht werden
mußten. Sobald dieses vollzogen war, begab er sich mit dem
anwesenden Klerus dahin und spendete die Firmung den dazu
Vorbereiteten aus. Jeder Firmling mußte während des Aus-
spendungs-Actes knieen und durfte erst dann aufstehen, wenn
das heil. Chrysam abgetrocknet und das Stirnband ihm ab-
genommen worden war. Um sich zu überzeugen, ob auch die
Firmlinge im Glauben gut unterrichtet wären, pflegte er in
der Regel vor der Firmung die Katechese vornehmen zu lassen.
Nachdem Alle gefirmt und das Schlußgebet mit der letzten
Segnung beendet waren, erhielten die Lehrer die Weisung,
die Schuljugend in die Lehrzimmer zu führen; inzwischen
wurden die Kirche, die heiligen Gefäße, Paramente u. s. w.

3*

viſitirt. Hierauf begab ſich der Oberhirt in die Schule, wo
er die Jugend aus allen Lehrgegenſtänden ſelber prüfte, mit
Ausnahme des Kopf= und Zifferrechnens, welches durch Andere
vorgenommen werden mußte. Für jede Schule brachte er
Bücher und Bilder mit, die er unter die Fleißigſten und
Sittſamſten vertheilte, und ließ überdieß noch einem jeden
Schulkind ein kleines Bild als Andenken an dieſen Prüfungs=
tag einhändigen. Nun folgte, zumal wenn der Ortsvorſtand
verſchiedenen weitentlegenen Cataſtralgemeinden angehörte, die
Einvernehmung desſelben, ſowie auch der Empfang jener Per=
ſonen, die ihrem Biſchofe beſondere Anliegen vorzubringen
hatten. Hierauf ſetzte man ſich zum Mittagmahl. Nach Be=
endigung desſelben fand der Beſuch des pfarrlichen Freithofes
ſtatt. Hatte die Pfarrſtation einen größeren Umfang, ſo wur=
den zur Viſitation derſelben zwei Tage verwendet und ſomit
auch die vorerwähnten Arbeiten auf beide Tage vertheilt. In
ſolchen Pfarren, die eine große Seelenanzahl hatten, kam noch
ein ſogenannter Ruhetag hinzu, der es aber blos dem Namen
nach war.

Der Biſchof beſuchte ferner die Armen in den Siechen=
häuſern, hörte ihre Anliegen mit Geduld an, tröſtete ſie, ver=
theilte unter dieſelben Almoſen und ſpendete ihnen ſeinen hei=
ligen Segen. Die Kranken ſuchte er in ihren Wohnungen auf,
um ſie in ihren Nöthen zu unterſtützen, zu tröſten und zu
ſegnen. Die Tauf=, Trauungs=, Leicheneinſegnungs=Fälle u. ſ. w.
nahm der Oberhirt ohne Unterſchied der Perſonen und des
Standes ſelber vor, ſogar auch dann, wenn es ſchon Abend
war und er ſich in ſein Zimmer bereits zurückgezogen hatte.

Ein Pfarrer meldete dem Hochſeligen: es befinde ſich im
Pfarrorte ein verehelichter Mann, der ſich einbilde, daß er
vom böſen Feinde beſeſſen, und der durchaus nicht dahin zu brin=
gen ſei, an den Gnadenſpendungen, die mit dem biſchöflichen
Beſuche verbunden ſind, ſich zu betheiligen. Der ſeeleneifrige

Oberhirt eilte sogleich zu diesem Unglücklichen und verweilte bei ihm längere Zeit ganz allein. Des andern Tages sah man ihn zum Tische des Herrn mit der größten Erbauung hinzutreten und die heil. Communion mit inniger Rührung aus der Hand seines Bischofes empfangen. Derselbe Mann ist seit jener Stunde geheilt und am Geiste und Leibe gesund.

Einmal ereignete es sich bei der Visitation, daß in dem Augenblicke, als die bischöflichen Wägen zur Abreise auf die nächste Station bereit da standen, sich Leute zu dem Wagen des Bischofes durch die Menge der Umstehenden drängten mit der Bitte, ihr Kind zu taufen. Die Dienerschaft, durch dieses Ansinnen nicht erfreut, nahm Anstand, ihren Herrn hievon in Kenntniß zu setzen. Da meldete der neugeborne Weltbürger sich selber an. Der Bischof, durch das Geschrei des Kindes aufmerksam gemacht, fragte: was dies wäre? Da man ihm diesen Zwischenfall nicht mehr verheimlichen konnte, ertheilte er den Befehl, die geistlichen Gewänder und heiligen Gefäße allsogleich abzupacken, um sofort die erbetene heilige Handlung in feierlicher Weise vornehmen zu können.

Ein anderes Mal kam Bischof Feigerle in eine Dorf= gemeinde, wo eben ein armes Ehepaar die goldene Hochzeit hielt. Er zog mit dem Jubelpaare feierlich in die Kirche ein, hielt eine entsprechende Anrede, nahm die übliche Einsegnung vor und erbat sich dann von dem Ortsseelsorger die beiden Jubilanten als Gäste zur Tafel. Bei Tisch nahm er zwischen Beiden Platz und brachte deren Gesundheit aus; nach Tisch entließ er sie und schenkte ihnen 50 Gulden.

Den adeligen Familien zollte er die gebührende Aufmerk= samkeit, auch wenn sie der evangelischen Glaubensconfession angehörten; nur machte er dabei den Unterschied, daß er letzte= ren den Besuch nicht im bischöflichen Talar, sondern im Abée= kleide abstattete. — Alle alten in der visitirten Pfarre woh= nenden Priester erfreute er gleichfalls mit einem Besuche.

Ungeachtet der übergroßen Menge von Arbeiten, denen er sich auf jeder Seelsorgsstation mit unwandelbarer Sorgfalt und gleichem Eifer unterzog, denen nicht selten auch die mit Anstrengung verbundenen Benedictionen von Glocken, Kreuzen, Bildern u. s. w. zuwuchsen, dispensirte er sich von der Leitung seiner Diöcese durchaus nicht. Der Consistorial=Kanzler hatte den Auftrag, alle ämtlichen Einläufe ihm mittelst Post zu unterbreiten, Gegenstände der Dringlichkeit jedoch durch eigene Boten zu übermitteln und zu den in Antrag gestellten Verfügungen jederzeit die Genehmigung desselben abzuwarten.

Die Abreise von der visitirten Station erfolgte in der Regel gegen Abend, oft auch, wenn die dort auflaufenden Geschäfte nicht früher abgethan werden konnten, erst in der Nacht; jedesmal aber widmete er seinen letzten Besuch Jesu im allerheiligsten Altarssakrament, wohnte dem heiligen Segen bei und schied nach den für die Verstorbenen verrichteten Gebeten von der versammelten Gemeinde.

Im Umgange mit Andern war er heiter, leutselig, herablassend, an Freuden und Leiden theilnehmend; bei dem Klerus aber, wo es noth that, drang er mit allem Ernste auf die treue Persolvirung der canonischen Tagzeiten, auf die tägliche Vornahme der Betrachtung und Bibellesung, auf den für jeden Monat vorgeschriebenen Empfang des heiligen Bußsakramentes, auf die gewissenhafte Beobachtung der Kirchengesetze, auf die Meidung des Gasthausbesuches, auf das Concipiren der Predigten und Katechesen. Den Gemeindevorstehern schärfte er treue Anhänglichkeit an die heil. katholische Kirche und an den Landesfürsten und eifrige Aufrechthaltung der christlichen Zucht und Sitte in ihrer Mitte ein. Den Pfarrern legte er nachdrücklich ans Herz die Ausbesserung und Ausschmückung der Kirchen, die sich auch in der That während seines Episcopates größtentheils verjüngt und mit heiligen

Gefäßen, Paramenten, Glocken u. s. w. bereichert haben. Viele Pfarrer überraschten den Oberhirten auf seinen apostolischen Bereisungen mit dem freudigen Berichte, daß ihre Pfarrkinder mehrere hundert Gulden zu Kirchen= und Armeninstituts= Zwecken aus eigenen Mitteln zusammengebracht haben.

Auf den bischöflichen Visitationen hat Bischof Feigerle nach einer beiläufigen Durchschnittsrechnung sicher 40,000 Bil= der und 2000 Bücher vertheilt, die er alle aus seinem Ver= mögen angekauft hatte. Er wollte allen Kindern ein Andenken an den Besuch des Bischofs hinterlassen. Gefirmt hat Feigerle circa 100,000 und eben so Vielen, wo nicht mehr, hat er die heil. Communion gespendet. Während der eilf Jahre seiner Bisthumsverwaltung hat er 10 Decanate mit 201 Seelsorgs= stationen visitirt, also die halbe Diöcese.

Das unermüdliche und so erfolggekrönte kirchliche Stre= ben und Wirken Feigerle's fand aber auch die gebührende Anerkennung. Se. Eminenz der päpstliche Nuntius zu Wien, der hochselige Cardinal Viale Prelà, beehrte Feigerle im Jahre 1853 am Feste der Apostelfürsten Petrus und Paulus mit einem huldvollen Besuche und sprach ihm in einem Schreiben ddo. 24. August desselben Jahres die hohe Zufriedenheit mit seiner bischöflichen Thätigkeit im Namen des heil. Vaters aus. — In diesem Schreiben heißt es unter Anderm: „Es ist dem heil. Vater vollkommen bekannt, daß Du, Hochgeborener und Hochwürdigster Herr, vermöge des Dir obliegenden Hirtenamtes und vermöge der wahrhaft väter= lichen Liebe, mit welcher Du die Dir anvertrauten Gläubigen umfassest, mit aller Sorgfalt dahin wirkest, daß in Deiner Diöcese die Kirchendisciplin mehr und mehr, aufblühe und auf's Genaueste bewahrt und die Jugend beiderlei Geschlechtes mit den heiligsten Grundlehren unseres Glaubens bekannt ge= macht und genährt werde." — Einige Jahre später (1861) geruhten Se. Heiligkeit Pius IX. Bischof Feigerle zum päpst=

lichen Hausprälaten und Thron=Assistenten zu ernennen.

Se. Majestät geruhten einmal die Stadt St. Pölten mit einem Besuche zu beglücken und bei dieser Gelegenheit in der bischöflichen Residenz abzusteigen und zu übernachten. Es war dies vielleicht einer der seligsten Tage des seligen Bischofs. Als Beweis der Allerhöchsten Huld und Gnade erhielt Bischof Feigerle gelegentlich der Vermählung Sr. Majestät des Kaisers Franz Joseph das Commandeurkreuz des kaiserlich österreichischen Leopoldordens.

Doch dies ist nur ein Umriß des äußern Lebens des seligen Bischofes Feigerle; wir wollen auch sein häusliches Leben in Kürze skizziren, um die nöthigen Details zu einem Ge= sammtbilde zu gewinnen.

§. 10.
Feigerle's Privatleben.

Feigerle lebte äußerst einfach und in häuslicher Zurück= gezogenheit. Sein Frühstück bestand in der Regel aus Milch oder einem weichen Ei, beim Mittagstische genoß er nur von den einfachen Gerichten, Abends nahm er nur Suppe und eine Obstspeise. Wein trank er nie, sehr gerne jedoch gezuckertes Wasser. Er ging spät zu Bette und stand früh auf. Eigent= liche Erholungen gönnte er sich nicht, höchst selten eine Billard= partie; selbst die Bewegung im Hausgarten war mit Gebet oder frommer Lesung verbunden. — Sein Bett war die ein= fachste Liegestätte, die man sich denken kann; er schlief nie auf einer Matratze, selbst auf Reisen nicht, sondern stets auf dem Strohsack. Die Decke bestand aus einem gewöhnlichen Kotzen. „Die feinen Sachen gehören für die Gäste", pflegte er lächelnd zu sagen. In und außer dem Hause trug er den Talar.

Diese Einfachheit im eigenen Leben war jedoch kein Hin=

berniß der Hospitalität, welche er in liberalster Weise
ausübte. Fast alle Tage waren Gäste an seinem Mittags=
tische, jeder Besuch wurde geladen. Bei feierlichen Anlässen
gab Feigerle große Tafeln zu 50 bis 100 Gedecken. Die
sinnigen Toaste, welche er bei derlei Gelegenheiten auszu=
bringen pflegte, waren in der Regel Meisterstücke der Rhe=
torik: zündende Gedanken in klangvoller Sprache. Nach Be=
endigung der Restauration der Domkirche lud Feigerle alle
bei dieser Arbeit beschäftigt gewesenen Künstler und Hand=
werksmeister zu einem Festmahle. — Bei diesem und ähn=
lichen Anlässen zeigte er die Noblesse eines Herrschaftsbesitzers,
wie er denn überhaupt seiner bischöflichen Würde nichts ver=
gab und selbst im Weichbilde der Stadt St. Pölten niemals
zu Fuß ging.

Er hatte es sehr gern, wenn er Besuche empfing, auch
fielen ihm die üblichen Gratulationen nicht lästig. Hingegen
war er auch voller Aufmerksamkeit gegen Andere.

Wie geachtet und beliebt Bischof Feigerle war, beweisen
eben die vielen hohen Besuche, welche seinem Hause zu Theil
wurden. Von dem Allerhöchsten Besuche Sr. Majestät des
Kaisers Franz Joseph war schon oben die Rede. Auch Se.
k. k. Hoheit der Erzherzog Franz Carl nahm auf einer Durch=
reise nach Maria Zell im bischöflichen Palaste zu St. Pölten
das Nachtlager. Außerdem sind noch zu erwähnen: der apo=
stolische Nuntius Cardinal Viale Prelà, die Cardinäle Fürst
Schwarzenberg, Ritter von Rauscher und der Primas von Gran
Scitowsky, Erzbischof Milde, Erzbischof Tarnoczy von Salz=
burg, Bischof Tschiderer von Trient, Bischof Gasser von Brixen,
Bischof Rudigier von Linz, die H. H. Bischöfe von Waizen,
Vesprim u. s. w. — Der Tract für Gäste in der bischöflichen
Residenz war von Feigerle prächtig eingerichtet worden, und
die Gemächer, welche Se. Majestät bewohnten, heißen seitdem
die Kaiserzimmer.

Er selbst verließ nur ungern seine bischöfliche Residenz.
Außer den alljährlich unternommenen Visitationsreisen war
er stets zu Hause in St. Pölten oder auf dem nahen Schlosse
Oxenburg, das er wohnlich hatte herrichten lassen.

Seine Reisen waren so zu sagen officieller Natur, und
wenn er sie unternahm, so wußte er das utile und dulce
ganz wohl zu vereinigen. Nie zog er durch eine Stadt, in
welcher der Sitz eines Bischofs war, ohne demselben durch einen
freundlichen Besuch seine Verehrung zu bezeugen. — So be=
suchte er gelegentlich seiner Marienbadreise im Jahre 1854
die H. H. Bischöfe zu Leitmeritz und Budweis; gelegentlich der
Klostervisitationsreise im Jahre 1855 Se. Eminenz den Car=
dinal Fürst Schwarzenberg zu Prag, ferner die H. H. Bi=
schöfe von Königgräß, Brünn, Brixen, Salzburg und Linz.

Se. Eminenz der Cardinal=Primas von Ungarn Scitowsky
hatte auf der Durchreise zum siebenhundertjährigen Jubiläum
in Maria Zell den Bischof Feigerle zu St. Pölten besucht.
Den Sr. Eminenz dem Cardinal=Primas versprochenen Gegen=
besuch konnte Bischof Feigerle erst im folgenden Jahre ab=
statten. Nachdem er am 23. August 1858 der Taufe des
kaiserlichen Kronprinzen assistirt hatte, trat er eine größere
Reise nach Ungarn an und besuchte den hochw. Herrn Bischof
von Raab, dann Se. Eminenz den hochw. Cardinal=Primas
zu Gran, hierauf den hochw. Herrn Bischof von Waizen und
den hochw. Herrn Erzbischof von Kolocza. Zu Pest und
Ofen hielt er sich etwas länger auf und besichtigte die Merk=
würdigkeiten beider Städte und auch die sehenswerthe Kirche
zu Foth. — Auf dieser Reise zeigte sich wieder, wie viele
Freunde er in hohen Stellungen und in den weitesten Kreisen
hatte. Die sprichwörtlich gewordene ungarische Gastfreund=
schaft erwies ihm alle möglichen Ehren. Ein Canonicus von
Gran begleitete Bischof Feigerle im Auftrage des Cardinal=
Primas.

Im Jahre 1856 wohnte er den bischöflichen Conferenzen zu Wien bei und im Jahre 1858 dem ersten Provinzial-Concil zu Wien, wohin ihn als Theologen Canonicus Ignaz Chalaupka und Professor Matthäus Binder begleitet hatten. Etwas ausführlicher soll noch über Feigerle's Reise nach Mähren die Rede sein. Die Veranlassung dazu gab die Feierlichkeit der Seligsprechung des Johannes Sarcander.

Bischof Feigerle hatte seit seinen Studienjahren her immer eine große Verehrung gegen den seligen Johannes Sarcander und verfolgte mit hohem Interesse die Phasen des wieder aufgenommenen Seligsprechungs-Processes. Er kam deßhalb mit wahrer Seelenfreude der an ihn ergangenen Einladung zur Theilnahme an der aus Anlaß der erfolgten Beatification des genannten Martyrers für das Beichtsiegel von dem hochw. Herrn Fürsterzbischof von Olmütz veranstalteten großen dreitägigen Festfeier nach, wohnte dem ganzen Triduum bei und hielt am zweiten Tage das Pontificalamt und am dritten die zweite Predigt in der Domkirche in böhmischer Sprache. Diese Festfeier begann am 22. September Nachmittags und wurde am 25. Nachmittags beschlossen.

Am 26. wallfahrtete der selige Herr Bischof auf den heiligen Berg, fuhr dann nach Köllein, betete dort am Grabe seines seligen Bruders Josef, der dort Dechant und Pfarrer gewesen war († 1857), und begab sich sodann in seinen Geburtsort. Den 27. September brachte Bischof Feigerle größtentheils im väterlichen Hause zu. Dahin zog er sich zurück, um in die Tage seiner Kindheit und Jugend sich zu versetzen und in das Andenken der seinem Herzen so theuren Eltern seine Seele zu versenken. So hat der Bischof diesen Tag durch Gebet und viele Wohlthaten an die Armen geheiligt.

Am 28. September reiste Feigerle über Weischowitz, um dort am Grabe seines einstigen Pfarrers zu beten, und Tischtin, um den dortigen ihm befreundeten Pfarrer zu besuchen, nach Kremsier, um dem hochw. Herrn Fürsterzbischof nochmals seine Verehrung zu bezeigen und einige alte Freunde daselbst wieder-zusehen.

Einer der merkwürdigsten und ehrwürdigsten Punkte in ganz Mähren ist der Hostein. Dort wurden im Jahre 1241 die wilden Tartaren besiegt und zurückgeschlagen. Die christ-lichen Streiter hatten unter der Anrufung und dem Schutze der Mutter Gottes diesen Entscheidungskampf gekämpft und seitdem wird dieser Berg von frommen Wallfahrern besucht. Anstatt der ehedem dort befindlichen Kapelle wurde im Jahre 1748 eine prächtige Kirche erbaut, welche aber die tartarische Bar-barei des vorigen Jahrhunderts entweihte, schloß und des Daches beraubte. Sie ist jetzt wieder eröffnet und ziemlich hergestellt, wozu Bischof Feigerle als Hof- und Burgpfarrer nicht wenig beitrug. Dahin wallfahrtete nun der Bischof. Er nahm deshalb am 29. Nachmittags von dem hochw. Herrn Fürsterzbischof Abschied und fuhr über Holleschau, wo der selige Johannes Sarcander Pfarrer gewesen, nach Bistritz. Am 30., es war ein Sonntag, wanderte Bischof Feigerle zu Fuß am frühen Morgen den sehr steilen und hohen Berg hinauf und brachte daselbst das heilige Lob- und Dankopfer des neuen Bundes dar. — Von hier kehrte der hochw. Herr Bischof über Prerau, wo er noch einen verehrten Freund, den dortigen Dechant Franz Navrátil, zu besuchen hatte, nach St. Pölten zurück.

Das war des Hochseligen letzte Reise in seinem Vater-lande, und es ist, als ob er dies auch geahnt hätte, so eifrig hatte er die ihm theuren Freunde und Orte aufgesucht.

Doch wir haben noch zwei andere wichtige große Reisen des seligen Bischofs Feigerle zu besprechen, nämlich seine Kloster-visitationsreise und die Reise zum Grabe der Apostel nach Rom.

§. 11.

Feigerle als Klostervisitator.

Die im Jahre 1849 zu Wien versammelten Bischöfe der österreichischen Monarchie hatten unter Anderm bei dem heil. Stuhle die Vornahme einer apostolischen Visitation der Stifte und Klöster in der österreichischen Monarchie in Antrag gebracht. Von dem heil. Stuhle wurde Se. Eminenz der hochw. Herr Cardinal Schwarzenberg, Fürsterzbischof von Prag, zum General=Visitator aller Stifte in den deutsch=österreichischen k. k. Erblanden ernannt, welcher die einzelnen Orden durch besonders dazu von ihm erwählte und bevollmächtigte Bischöfe visitiren ließ.

Dem seligen Bischof Feigerle ward aus diesem Anlasse die Mission, die Stifte der regulirten Prämonstratenser Chorherren zu visitiren.

Wie zu Allem, hatte er sich zur Lösung dieser Aufgabe auf das gewissenhafteste vorbereitet und insbesondere das Leben des heil. Ordensstifters Norbert und die Statuten dieses Ordens studirt und meditirt. Auch erbat er sich den hochw. Herrn Abt des Stiftes Strahow in Prag zum Begleiter auf der ganzen Visitationsreise, um in diesem ausgezeichneten Prälaten und Ordensmanne einen eben so erfahrenen als im Orden selbst allgemeines Vertrauen genießenden Rath immer an seiner Seite zu haben.

Die Visitation erforderte zwei große Reisen. Auf der ersten wurden die Stifte Neureisch (in Mähren), Seelau, Tepel und Strahow (in Böhmen); auf der zweiten Wilten (in Tirol), Schlögel (in Ober=) und Geras (in Unter=Oesterreich) visitirt.

Die erste dauerte vom 22. Juli (achten Sonntage nach Pfingsten) bis 13. August 1855. Die Reise ging über Krems,

Meissau, Pulkau nach Znaim, wo die Aebte von Strahow und Neureisch den hochw. Bischof empfingen. Am 24. Nachmittags empfing der Neureischer Convent mit seinem Abte an der Spitze dem römischen Pontificale gemäß den apostolischen Visitator und führte ihn in die Stiftskirche ein.

Am 25. wurde die Visitation des Stiftes Neureisch mit einem solennen, vom Stiftsabte celebrirten heiligen Geistamte und darnach durch eine eindringliche, den Zweck und die Wichtigkeit der apostolischen Visitation darlegende Rede des hochw. Herrn Visitators an die im Capitelsaale versammelten Mitglieder dieses Ordenshauses eröffnet. Darnach begannen die Scrutinien. — Der zweite und dritte Tag wurde ebenso mit einem gemeinschaftlichen Gottesdienste und einer Ansprache des Herrn Visitators angefangen und zu weiteren Scrutinien verwendet. Am 27. wurde die Visitation mit einem feierlichen Gottesdienste und Te Deum geschlossen.

Diese Ordnung wurde auch bei den übrigen Stiften eingehalten, wenn auch die Visitation der meisten folgenden — der zahlreicheren Mitglieder wegen — um einen oder zwei Tage länger dauerte. Das Thema der bischöflichen Vorträge war das Leben des heil. Ordensstifters Norbert, die in demselben dargestellte Verbindung des contemplativen und activen, des in heiliger Wissenschaft und in thätiger Seelsorge wirkenden Priesterlebens. Ueber die Vortrefflichkeit dieser Exhortationen sowie über die bei den Scrutinien an den Tag gelegte gewinnende Milde und heilsame Strenge ward bei allen Betheiligten nur Eine Stimme der Befriedigung und Anerkennung laut.

Die Reise von Neureisch über Iglau und Deutschbrod, wo das Stift Seelau ein Gymnasium unterhält, nahm den 27. Juli in Anspruch. Die Visitation des Stiftes Seelau dauerte vom 28. bis 31. Juli. Dieses Stift war dazumal ohne Abt.

Am 31. früh wurde die Reise nach Tepel angetreten. Die Ankunft daselbst erfolgte schon den 1. August Abends, was freilich nur dadurch möglich ward, daß ohne jegliche Unterbrechung zwei Tage und eine Nacht in Einem fort gefahren wurde. Aehnliches traf auch auf der zweiten Reise noch zweimal zu. Leider ward es dem hochw. Herrn Bischofe unmöglich, diese Fahrt über Nepomuk zu machen, so sehr er es gewünscht hatte; die Postverbindungen gestatteten nur die Fahrt über Pisek, Rakonitz, Klattau und Pilsen.

Die Visitation des Stiftes Tepel begann am 2. August und wurde am 6. beendet.

Am 6. Vormittags trat der hochw. Herr Visitator die Weiterreise an und begab sich über Marienbad und Pilsen nach Prag. Das Stift Tepel und der Badeort Marienbad haben bekanntlich um einander große gegenseitige Verdienste.

Am 7. August Nachmittags kam der hochw. Herr Bischof in Prag an und wurde dort im Stifte Strahow auf dem Berge Sion von dem dahin vorausgeeilten hochw. Herrn Abt an der Spitze seines an 100 Mitglieder zählenden und fast vollzählig versammelten Conventes in sehr feierlicher Weise empfangen. Es war ein ergreifender unvergeßlicher Moment, da Angesichts einer zahlreichen Volksmenge, der langen Reihe ehrwürdiger Prämonstratenser Chorherren und der festlich gekleideten Schuljugend die beiden hochw. Herren mit bewegtem Herzen die Gefühle des Vertrauens und der Verehrung einander aussprachen und als sich gegenseitig hochehrende Freunde umarmten. Der apostolische Visitator ward in die weiten prächtigen Hallen des Gotteshauses der Alma mater des Prämonstratenser Ordens im Kaiserthume Oesterreich eingeführt und von dem so ehrwürdigen Vaterabte dieses Ordens geleitet zum Hochaltar der Kirche, wo der heil. Leib des großen Ordensstifters ruht. Die am Grabe des heil. Ordensstifters und in diesem gastfreundlichen Hause zugebrachten Stunden mögen dem Herzen des hochw. Herrn Visitators wohl mehr als alle andern aus den Tagen dieser Visitationsreise theuer und unvergeßlich gewesen sein.

Das an Kunstschätzen und werthvollen Sammlungen aller Art reiche und durch den dermaligen gelehrten Vorstand noch mehr bereicherte Stift Strahow ist wohl weltbekannt. Ueberhaupt haben die zwei großen Stifte Strahow und Tepel Jahrhunderte her schon große, über ganz Böhmen und noch weiterhin Segen verbreitende Verdienste um Religion und Wissenschaft. Das Stift Strahow besetzt dermalen das Saazer Gymnasium, dann die beiden Ober=Realschulen zu Reichenberg und Rakonitz mit den erforderlichen Lehrern; das Stift Tepel unterhält eine theologische Haus=Lehranstalt und das Gymnasium zu Pilsen.

Wie der hochw. Herr Bischof in Prag Sr. Eminenz dem hochw. Herrn Cardinal Fürst Schwarzenberg, als dessen Mandatar und als Diöcesanbischof der zwei zuletzt visitirten Stifte, seine Verehrung bezeugt hatte, so wünschte er auf der Rückreise auch Se. Excellenz den hochw. Herrn Bischof zu Königgrätz zu besuchen. Er reiste deßwegen schon am 12. August Mittags von Prag ab und begab sich noch am nämlichen Tage nach Königgrätz, wo ihm die freundlichste Aufnahme zu Theil wurde. Am andern Tage Nachmittags wurde die Reise über Wien nach St. Pölten ohne Unterbrechung fortgesetzt. Der Bischof eilte nämlich nach Hause, um Vesper und Hochamt am Patrocinium der bischöflichen Kathedrale (Maria Himmelfahrt) selbst zu celebriren.

Nachdem er am 18. August das Geburtsfest Sr. Majestät des Kaisers gefeiert, trat er schon am 19. die Reise in das Pottenbrunner Decanat an, um dasselbe canonisch zu visitiren. Diese Visitation dauerte vom 19. August bis 17. Septbr.

Nach kurzer Rast, nämlich am 23. September, wurde die zweite Visitationsreise angetreten. Um bei diesem Anlasse dem greisen Fürstbischof Galura seine Verehrung bezeugen zu können, entschloß sich Bischof Feigerle, über Brixen nach Insbruck zu reisen und nahm deswegen, wieder in Begleitung des hochw. Herrn Abtes von Strahow, den Weg über Waidhofen an der Ybbs, Admont, Liezen, Radstadt. Zu Admont und Radstadt wurde übernachtet. Von Radstadt bis Brunecken wurde zwei Tage und eine Nacht ohne Unterbrechung gefahren, und zwar über den Radstädter Tauern (die beiden hochw. Herren setzten sich, um die Schönheiten des Taurus recht bewundern zu können, zusammen auf den Kutschbock), über St. Michael, Spital, Lienz und Innichen. Die Ankunft in Brixen erfolgte am 28. gegen Mittag.

Am Schlusse der Audienz bei dem hochw. Fürsterzbischofe knieete der Bischof nieder und empfing sammt seiner Begleitung den Segen des greisen Kirchenfürsten. Der Nachmittag wurde der Besichtigung der Domkirche und der geistlichen Institute dieser Bischofstadt gewidmet.

Am 29. wurde die Reise über den Brenner gemacht und mit Sonnenuntergang der Einzug in Wilten gehalten.

Der 30. September des Jahres 1855 war ein Fest- und Freudentag des treuen Tirolerlandes. Es galt an diesem Tage, dem Jubel der biederen Bevölkerung über die Ernennung und Ankunft Sr. kaiserlichen Hoheit des Erzherzogs Carl Ludwig als Statthalter von Tirol lauten Ausbruck zu geben. Dies geschah durch einen Festaufzug der aus allen Landestheilen versammelten Tiroler Schützen und durch ein Freudenschießen. Da sah man sie einziehen von Wilten her zur Burg, um dem geliebten Erzherzoge zu huldigen, Abtheilung an Abtheilung in den verschiedensten Landestrachten, vom Zuge der schmucken Steinacher bis zur Schaar der naturwüchsigen, sehr aufgeräumten Duxer. Hie und da schritt noch ein Veteran aus den Befreiungskriegen in den Reihen der jüngsten Landesvertheidiger ganz taktsicher nach dem Rythmus der vollen türkischen Musik oder der bescheidenen Schwegel und Trommel.

Der Berg Ziel neben dem Stifte Wilten feierte bei diesem Anlasse seine unvergessenen Reminiscenzen an gar heiße Kämpfe, die vor einem halben Jahrhundert ihn umtobten.

Am 4. October, als am Namensfeste Sr. Majestät des Kaisers, celebrirte Bischof Feigerle in der St. Jakobskirche ein feierliches Hochamt mit Te Deum und ward sammt den zwei Herren Prälaten von Strahow und Wilten von Seiner kaiserlichen Hoheit zur Tafel gezogen.

Durch diese Feierlichkeiten in Anspruch genommen, mußte der hochw. Herr Visitator den Aufenthalt in Wilten verlängern und konnte erst am 5. gegen Abend die Visitation des Klosters Wilten schließen und die Reise in das Stift Schlögel antreten.

So wurde denn wieder eine Nacht und einen Tag in Einem fort gefahren. Am 6. spät Abends wurde, nach einem kleinen Abstecher nach Berchtesgaden und dem Königssee, Salzburg erreicht. Die Mitreisenden waren dem Herrn Bischof sehr dankbar für diese Fahrt nach dem Königssee, welchen derselbe schon früher gesehen hatte, doch bei seinem feinen Sinn für Naturschönheiten sehr gern wieder sah. Am 7. October (neunzehnten Sonntag nach Pfingsten) machte der hochw. Herr Bischof eine Wallfahrt nach dem nahen Maria Plain und las dort die heilige Messe.

Am 9. Abends erfolgte die Ankunft im Stifte Schlögel. Die Visitation dieses Ordenshauses nahm drei Tage in Anspruch. Am 13. kehrte der hochw Herr Visitator nach Linz zurück und stieg wieder in der bischöflichen Residenz ab. Der hochw. Herr Bischof von Linz war eben in einer ähnlichen Visitationsreise (Augustiner Chorherrenstifte) abwesend. Bischof Feigerle hatte ihn auf der Reise durch Tirol im Stifte Neustift nächst Brixen auf einen Augenblick begrüßt. In diesem Jahre hatte die Cholera in Oesterreich hie und da zahlreiche

Opfer gefordert. Die Stadt Linz feierte am 14. (zwanzigsten Sonntage nach Pfingsten) das Dankfest wegen des Erlöschens derselben. Der hochw. Herr Bischof celebrirte das feierliche Hochamt. — An demselben Tage noch ward die Reise nach Geras angetreten, auf welcher zu Strengberg und Mühlbach Nachtstationen gehalten wurden.

Die Visitation des Stiftes Geras wurde in drei Tagen vollendet und der Visitator kehrte am 20. September nach gehaltenem Dankgottesdienste in seine Bischofsstadt zurück. Am 23. kehrte auch der treue Reisegefährte Abt Zeidler nach Prag zurück; der Bischof begleitete ihn bis Neulengbach. Sie haben sich später nur einmal noch in Prag gesehen. Am 1. October v. J. begleitete der Abt den Bischof zum Grabe.

Bischof Feigerle unterbreitete in zwei umfangsreichen Berichten seinem hohen Mandanten die Ergebnisse dieser apostolischen Visitation, seine gemachten Erfahrungen, vorläufig getroffenen Anordnungen und unmaßgeblichen Vorschläge.

Diese großen Visitationsreisen hatten wohl mancherlei Beschwerden, doch der apostolische Eifer des seligen Herrn Bischofs sah nicht auf dieselben, sondern auf das hohe vorgesteckte Ziel. Die Welt urtheilt zumeist nach äußeren Erfolgen und mißt mit diesem Maße auch auf geistigen Gebieten. Gewiß ist, daß die bischöflichen Missionen in dem Regular-Klerus das Bewußtsein seines hohen Berufes wacher riefen, und sie haben ihre Frucht gebracht und werden sie noch bringen. Darum war dieses Werk des seligen Bischofs ein gutes gottgefälliges Werk.

Wir glauben diesem Capitel noch die Bemerkung beifügen zu sollen, daß Bischof Feigerle auch mit den in seiner Diöcese befindlichen Stiften und Klöstern stets in freundlichen Verhältnissen stand. Fast in einem jeden Stifte nahm er in eigener Person Ordensdecorationen vor, welche Mitgliedern des Stiftes von Sr. k. k. apostolischen Majestät

4*

— nicht ohne Vermittlung des für alle Verdienste ein wach=
sames Auge habenden Bischofs — verliehen worden waren. —
Leicht begreiflich, daß die Trauer um seinen Tod bei dem
Regular = Klerus nicht minder groß war als bei den Welt=
priestern. — Sogenannte geistliche Collisionen mit Klöstern
kamen unter Bischof Feigerle niemals vor.

§. 12.

Feigerle's Gesammtbild als Bischof.

Wenn wir aus den vorausgeschickten einzelnen Zügen ein
Gesammtbild Feigerle's zusammensetzen sollen, so dünkt es
uns, als ob alle Eigenschaften, welche der Apostel Paulus
(I. Tim. 3, 2) von einem Bischofe verlangt, an Feigerle im
eminenten Grade vorhanden gewesen wären.

Untadelhaft war sein Wandel, so daß auch nicht der
leiseste Schatten eines Verdachtes ihn trübte. „Die Lüge",
äußerte er öfter, „ist ein furchtbares Laster; lieber sterben, als
eine Unwahrheit sagen." Man sah ihn nie anders als im
geistlichen Kleide; ein wahres Vorbild der Priester und Gläu=
bigen in Wort und in der That.

Klug war sein Benehmen, und darum hatte er auch
ein gutes Zeugniß von denen, die draußen sind (I. Tim. 3, 7),
und kam mit allen Leuten ohne Unterschied des Standes
prächtig aus; besonders gut stand er mit dem Adel, mit den
Beamten und Officieren, die er auszeichnete, wie es ihnen
gebührte. Daher kam es unter Feigerle auch nie zu soge=
nannten Conflicten, oder wo und wenn sie entstanden, wurden
sie möglichst noch im Keime beigelegt. Feigerle ist in die
Gruft hinabgestiegen, ohne einen Feind auf der Erde zu hin=
terlassen. Es ist dies um so bemerkenswerther, als eben die
kirchliche Richtung Feigerle's eine sehr ausgesprochene war.

Wie wenig er der Habsucht ergeben war, beweiset seine grandiose **Wohlthätigkeit**. Galt es irgend ein patriotisches Anliegen oder das Beste der Kirche und kirchlicher Institute, so wußte seine Rechte nicht, was die Linke that. Feigerle gab oft mehr, als er hatte. So z. B. subscribirte er für das Nationalanlehen 7000 fl.; für die Votivkirche 2000 fl.; für den heiligen Vater 1000 fl.; für die Verwundeten im Jahre 1859 1000 fl. Bei allen Sammlungen stand er mit einer großmüthigen Spende in erster Linie. Als die Summe der gesammelten Beiträge für den Bau der Kirche in Neuhaus nicht ausreichte, gab er aus Eigenem den fehlenden Rest von 1075 fl. her. Fast alle Tage kamen noble und ignoble Bittsteller vor Feigerle's Thüre und keiner ging ohne Almosen hinweg. Und wer zählt die Masse der Briefe, welche in den heterogensten Anliegen fast aus allen Theilen der Monarchie an Feigerle gelangten mit der Bitte um Hilfe und Unterstützung? Feigerle kannte die Bettelbriefe von außen — und doch erbrach er sie. Wie viel verschämte Arme wurden von ihm regelmäßig unterstützt! Wie wohlthätig er in St. Pölten war, darüber herrscht nur Eine Stimme. Der Monatsgehalt wurde in der Regel zu kurz. Viele Studenten unterstützte er mit Stipendien; an Arme ließ er zur Winterszeit Holz vertheilen; Kranken schickte er Suppe und Compot ins Haus. — Selbst seine literarischen Producte, die er hätte für sich verwerthen können, widmete Feigerle wohlthätigen Zwecken. — Noch bei Lebzeiten (1859) stiftete Feigerle zur Pfarrkirche seines Geburtsortes 500 fl. mit der Widmung, daß von den entfallenden Interessen jährlich zwei arme Individuen zu betheilen seien. Desgleichen errichtete er im Knabenseminar zu Kremsier einen Stiftungsplatz für einen Alumnus mit 3500 fl. — Im Jubeljahre 1860 opferte er in die Wallfahrtskirche Mariataferl einen silbernen Meßkelch mit ausgezeichneten Emailbildern. — In seinem Testamente setzte er das bischöfliche Knabenseminar der St. Pöltener Diöcese (Marianum), das sich derzeit noch in Krems befindet, zum Universalerben ein und gedachte in Pensionen und Legaten seiner treuen Diener und Freunde, sowie der kirchlichen Institute in der Diöcese.

Wenn nach der monatlichen Gehaltsbehebung es zur Rechnung und Vertheilung kam, war gewöhnlich sein Voranschlag auf Betheilungen und milde Beiträge um einige hundert Gulden höher als der Geldvorrath. Mit Seufzen reducirte er dann oft seine Ansätze und sagte: „Schade, daß der Bischof von St. Pölten nicht mehr Geld hat". Er behielt sich immer nur ein paar Gulden. — Geld war bei ihm höchst unsicher. Hatte er für eine nothwendige Ausgabe Geld in Bereitschaft zu halten, so vertraute er es nicht sich, sondern dem Secretär an. Aber auch dem wurde es manchmal, wenn einer bringenden Noth abzuhelfen war, wieder entlockt. Wenn seine Umgebung ihn manchmal sparsamer machen wollte, sagte er lächelnd: „Das versteht Ihr nicht". — Einige Male versetzte er Papiere, um nur helfen zu können. — Im Ganzen mag er an 50,000 fl. vertheilt haben.

Eines Tages kam ein sehr anständiger Herr zu Bischof Feigerle und stellte ihm seine peinliche Geldverlegenheit vor. Es handelte sich, wenn ich nicht irre um eine zu deckende Schuld im Betrage von mehreren hundert Gulden. Die Kinder dieses Herrn lagen zu Hause krank, die Frau sah der Entbindung entgegen. Bischof Feigerle wollte helfen, hatte aber kein Geld. Da schickte er einen Brillantring nach Wien, ließ ihn abschätzen, verkaufen und händigte dem Tiefgerührten die benöthigte Summe und noch etwas darüber ein, damit er aus seiner großen Verlegenheit gerettet ward. Der Brillantring war ein werthvolles Andenken — aber die Linke mußte da nicht, was die Rechte that.

Mit der oben geschilderten evangelischen Klugheit verband sich die reinste Frömmigkeit. Zu Hause und auf Reisen behielt Feigerle seine Gebetsordnung bei. Er stand frühzeitig auf, betete das Brevier, verrichtete verschiedene von Jugend auf gewohnte Andachtsübungen, hielt seine Meditation und Bibellesung. (Wir kommen weiter unten darauf zurück.) Er war im wahren Sinne des Wortes ein Mann des Gebetes. Täglich betete er den Rosenkranz, täglich wohnte er dem nachmittägigen Segen auf dem Oratorium der Domkirche bei. Die öffentlichen Andachten des Volkes machte er alle selbst mit; zweimal in jedem Monate empfing er das Sakrament der Buße (mit dankbarer Innigkeit sprach er von dem frommen Domherrn Schmid zu Wien, seinem einstmaligen Beichtvater); täglich las er die heilige Messe in seiner Kapelle, Sonntags in der Domkirche. In Beobachtung der kirchlichen Rubriken war Feigerle wahrhaft exact und sah auch bei seinen Priestern strenge darauf. Manchmal konnte seine Gewissenhaftigkeit fast den Schein der Scrupulosität annehmen. So mußten nicht selten alle Decrete der päpstlichen Congregationen durchstöbert werden, um irgend eine liturgische Streitfrage zu lösen. Zu Marseille getraute er sich nicht, bei der Maiandacht den Segen cum Sanctissimo, wozu man ihn einlud, zu ertheilen, bevor er dem dortigen Bischof sich vorgestellt.

Er besaß eine kindliche Verehrung zu Maria der seligsten Jungfrau. Zweimal besuchte er Mariazell und Mariataferl im Jubeljahre. An allen Marienfesten brannte das Licht vor der blumengeschmückten Statue der Himmelskönigin, welche er in der Vorhalle des bischöflichen Palastes hatte aufstellen lassen. Um die Gläubigen der Diöcese gleichfalls zum Gebete und zur Verehrung der allzeit makellosen Jungfrau Maria zu ermuntern, führte er die von Pius IX. so warm empfohlene Corona aurea für Priester und Laien ein und stellte sich selbst an die Spitze des Vereines. Zu seiner großen Freude

bildeten sich sogleich sechszehn Coronen in der Diöcese, so daß
jetzt jahraus jahrein das hochheilige Opfer des Altares zu
Ehren der Immaculata von mehreren Diöcesanpriestern dar=
gebracht wird. Feigerle selbst wählte sich den ersten Tag
jeden Monats. Die Theilnahme von Seiten der Priester und
Laien an diesem Vereine nahm dergestalt zu, daß man im
Jahre 1856 schon 494 Sodalen aus dem Priesterstande und
10,740 Mitglieder aus dem Laienstande zählte. — Aus eben
demselben Grunde der Frömmigkeit machten ihm auch alle
liturgischen Functionen große Freude, und nicht leicht ließ
Feigerle die Gelegenheit vorübergehen, eine Cultushandlung
feierlich zu begehen, wie z. B. die erste Kindercommunion,
welche er jedesmal selbst zu halten pflegte. — Aus dem Di=
rectorium ist ersichtlich, für wie viele Kranke oder Gestorbene
der Bischof celebrirte. Manche in und außer St. Pölten mögen
es nicht geahnt haben, daß ihr Bischof so für sie bete. —
Nachdem er dem Domprobst Schmonn die Seele ausgesegnet
hatte, küßte er ihm noch die Hand zum Abschied — er war
durch neun Jahre Feigerle's Beichtvater gewesen.

Ein unwandelbarer Grundzug seines Charakters endlich
war seine kindliche Treue gegen das Oberhaupt des Staates.
Se. Majestät der Kaiser hatte keinen verläßlicheren und opfer=
willigeren Unterthan als es Feigerle war. Bei jeder Gelegen=
heit empfahl er den Gehorsam gegen die Obrigkeit und die
Treue gegen den geliebten Landesfürsten. Alle seine Hirten=
briefe geben Zeugniß davon. — So oft das Namensfest
Ihrer Majestäten gefeiert wurde, pontificirte er selbst in der
Kathedrale, lud die Spitzen aller Militär= und Civilbehörden
zu Tisch und beschenkte die Armen. Aber auch, wenn das
hohe Namensfest eines k. k. Erzherzogs war, celebrirte er in
seiner Hauskapelle für das Allerhöchste Kaiserhaus, und die
gesammte Dienerschaft des Hauses mußte dabei in voller Galla
erscheinen. Zum Mittagstisch ließ er dann derselben Wein

aufsetzen, daß sie auf das Wohl des Allerdurchlauchtigsten Kaiserhauses trinken möge. Das drang zu Lebzeiten Feigerle's freilich nicht ins Publicum, verdient aber jetzt als ein charakteristischer Zug im Lebensbilde des Seligen hier erwähnt zu werden.

Selbst in seinem Testamente, das er eigenhändig am 13. März 1863 schrieb, kommt der Passus vor: „Der Herr segne in reichster Fülle und erhalte in seinem Schutze Seine Majestät den Kaiser Franz Josef I. und das ganze Allerdurchlauchtigste Kaiserhaus, Allerhöchstwelchem ich in meinem jedesmaligen Berufe freudig und mit treuer Ergebenheit nach Kräften gedient, für das ich stets gebetet habe. Nie vergaß ich die Wohlthaten, welche Ihre k. k. Majestäten und kaiserlichen Hoheiten mir und der Diöcese zu erweisen die Allerhöchste Gnade hatten." — Während der Kaiser vom Frankfurter Fürstentag durch das geschmückte St. Pölten fuhr, wehte von dem eine Stunde entfernten bischöflichen Schlosse zu Oxenburg eine weithin sichtbare Fahne. Und wie freute es ihn, als er hörte, daß Se. Majestät sich mit huldvoller Theilnahme um sein Befinden erkundigten! — Auf dem n. ö. Landtage konnte Feigerle nur wenigen Sitzungen mehr beiwohnen; gewiß hätte er auch in dieser Stellung seine Talente verwerthet.

Mit großer Freude nahm er stets die Uebergabe der Ordensdecorationen vor, welche von Sr. k. k. apost. Majestät an Geistliche der Diöcese St. Pölten verliehen wurden. Wir liefern weiter unten eine seiner ausgezeichneten, bei solcher Gelegenheit gehaltenen und vom glühenden Patriotismus zeigenden Reden.

Als der entthronte Herzog von Modena einst durch St. Pölten fuhr und in der Stadt übernachtete, erwartete Bischof Feigerle den hohen Herrn auf dem Bahnhofe bis in die späte Nacht und machte ihm Tags darauf seine Aufwartung. Der Herzog wohnte dann der Messe des Bischofs bei und dankte gerührt für die erwiesene Aufmerksamkeit. — In ähnlicher

Weise nahm er auch in Rom, als einstiger Hof= und Burg=
pfarrer, Audienz; bei der neapolitanischen Königin Witwe
Theresia, einer Tochter des Erzherzogs Karl; die bereits
gewährte Audienz; bei dem jungen Königspaar wurde leider
durch die inzwischen ausgebrochene Krankheit Sr. bischöflichen
Gnaden vereitelt. — Von seiner Anhänglichkeit an den heiligen
Stuhl wird später die Rede sein.

Es ist sicher kein geringes Lob, das ein hochgestellter
Staatsbeamter dem seligen Bischof Feigerle nach dessen Tode
mit den Worten spendete: „Er ist in seinem Leben stets der=
selbe geblieben; das Sprüchlein: Honores mutant mores
bewährte sich nicht bei ihm."

Bischof Feigerle war zart gebaut, besaß aber trotz der
scheinbaren Schwäche eine gesunde Leibesbeschaffenheit. Seine
Gesichtszüge waren nicht schön, aber das geistreiche Auge, aus
welchem Milde und Freundlichkeit strahlte, verklärte dieselben.
Seine Haare fingen erst im letzten Jahre seiner Erkrankung
an grau zu werden.

Es erübrigt uns noch, daß wir Bischof Feigerle auch von
der literarischen Seite als Redner und Schriftsteller würdigen.

§. 13.

Feigerle als Redner und Schriftsteller.

Wir können von dem Gesammtbilde Feigerle's nicht schei=
ben, ohne auch dessen literarische Thätigkeit kurz zu be=
sprechen. Sie beschränkte sich größtentheils auf das Fach der
praktischen Theologie.

Noch als Professor zu Olmütz gab er 17 böhmische Pre=
digten in den Druck, deren reinen Ertrag er dem von ihm
gegründeten Krankenfonde für arme Studirende an der Uni=
versität zu Olmütz widmete (Prag 1832). — Ebenso widmete

er die von Bischof Wagner begonnenen und von ihm fort=
gesetzten „Predigtentwürfe, die katholische Glaubens= und
Sittenlehre enthaltend," einem wohlthätigen Zwecke, nämlich
der sogenannten Leopoldinenstiftung zur Unterstützung der ka=
tholischen Missionen in Nordamerika (Wien 2. Auflage 1837;
3. Auflage 1844). — In lateinischer Sprache erschien von
Feigerle: „Historia vitae Sanctorum Thomae a Villa-
nova, Thomae Aquinatis et Laurentii Justiniani in usum
Cleri. Emolumento instituti Presbyterorum saecularium
infirmorum ac deficientium Viennae erecti 1839." Ge=
widmet dem Erzbischof Milde. — Von den in Druck er=
schienenen Predigten erwähnen wir hier: „Predigten über
die heilige Messe." Wien 1844. — „Der geistige Kampf."
Dargestellt in Predigten. Wien 1850; 2. Auflage 1861. Ins
Italienische übersetzt unter dem Titel: „Il Combattimento
spirituale." Milano 1852. — Ueber das Wesen einer christ=
lichen Ehe." Ein zeitgemäßes Wort in Predigtform (gehalten
zu St. Pölten). — Einzelne in Druck gelegte Predigten
sind: Predigt, gehalten in der Kapelle zum heil. Joseph, dem
Schutzpatron des Wiener Handlungs=Kranken=Institutes 1837.
— Predigt am Feste des seligen Alphons von Liguori 1837.
— Predigt am Schlusse der Heiligsprechungsfeier des heil.
Alphons von Liguori 1839.

Zwei herrliche Predigten Feigerle's finden sich in Matth.
J. Binder's Denkschrift zur Feier der dogmatischen Entschei=
dung bezüglich der unbefleckten Empfängniß der seligsten Jung=
frau (St. Pölten 1856), und zwar die eine gehalten am 8. De=
cember 1854 während des feierlichen Pontificalamtes (S. 46),
die andere gehalten am 29. April 1855 bei der feierlichen Ver=
kündigung jenes Glaubenssatzes (S. 69). — Als Separat=
abdruck aus der Zeitschrift „Hippolytus" erschienen folgende
Predigten und Anreden Feigerle's: Jubiläumspredigt, gehal=
ten bei Gelegenheit der Eröffnung der restaurirten Kathedrale

am 3. October 1858; Anrede bei Benedicirung des k. k. Waisen=
hauses zu Judenau; aus Anlaß einer Jubelhochzeit; Homilie
am Ostersonntage 1859; Anrede bei Einführung der Töchter
der christlichen Liebe in das städtische Krankenhaus zu St. Pöl=
ten; bei der Jubelprofeß der hochw. Frau Oberstvorsteherin
der englischen Fräulein zu St. Pölten; am Schlusse der
Säcularfeier in Mariatafrl; bei der Weihe des Thurmkreuzes
zu Krems 1861. — Viele Predigten Feigerle's liegen aber
noch als werthvolles Manuscript im bischöflichen Nachlaß und
verdienten eine Herausgabe. Laut Testament sind alle Pre=
digten und Manuscripte Feigerle's Großneffen, der Knaben=
seminarist zu Kremsier ist, vorbehalten.

Noch müssen wir eine kleine Arbeit erwähnen. Gelegent=
lich des letzten italienischen Krieges ließ Feigerle auf seine
Kosten ein Gebetbuch in Druck legen unter dem Titel:
Geisteserhebungen während der Kriegszeit (St. Pölten 1859),
wozu er die kurzen Anmuthungen und Stoßgebete selbst schrieb.
Der Ertrag war den verwundeten Kriegern des löblichen k. k.
Linien=Infanterie=Regimentes Baron von Heß Nr. 49 gewidmet.

Feigerle war aber nicht nur selbst literarisch thätig, son=
dern er ermunterte auch zu wissenschaftlichen Arbeiten und
hatte jedesmal eine sichtbare Freude, wenn ihm ein Diöcesan=
priester ein neues Werk im Druck zu Füßen legen konnte.
Ohne ruhmredig zu sein, dürfen wir wohl auf die literarischen
Leistungen der theologischen Diöcesan=Lehranstalt in St. Pölten
während des letzten Decenniums hinweisen. Bischof Feigerle
unterstützte nicht nur wissenschaftliches Streben, sondern er
wußte es auch anzuregen. Der ersten Versammlung katho=
lischer Gelehrten zu München sandte er noch von seinem
Krankenbette aus Gruß und Segen*).

---

*) Verhandlungen der Versammlung katholischer Gelehrten in
München. Regensb., Manz, 1863. S. 16.

Bei seinen Alumnen sah er sehr strenge auf fleißige Uebung im Predigtamte, obgleich er keinem vor erhaltenem Diaconate öffentlich zu predigen erlaubte. Vor der Ordination wohnte er selbst den Predigtübungen der Alumnen bei und corrigirte Declamation und Action wie einst als Pastoralprofessor. Feigerle pflegte alle seine Predigten nicht nur wörtlich zu concipiren, sondern auch zu memoriren — ein Rhetor in Declamation und Action. Auch auf die gelegentlich der Visi= tationsreisen gehaltenen Predigten bereitete sich Feigerle vor Antritt derselben gewissenhaft vor. Gewöhnlich knüpfte er seine Lehr= und Ermahnungspunkte an das Leben des be= treffenden Kirchenpatrons an und gab ihnen dadurch ein um so lebendigeres Verbleiben in der Erinnerung aller Zuhörer. Auf zwei Stationen im Weitraer Decanate predigte er in böhmischer Sprache, die er als Knabe gelernt hatte.

Außerdem war er der französischen und italienischen Sprache mächtig und schrieb einen sehr angenehmen, klang= vollen und fließenden Styl. Ein glänzender Beweis wäre aus seiner ausgebreiteten Correspondenz zu führen. Leider stehen uns nicht so viele Briefe zu Gebote, als wir zum Be= hufe einer Biographie wünschen müssen; auch können wir hier das Bedauern nicht unterdrücken, daß auf Feigerle's letztwillige Anordnung alle seine Briefe, Notaten u. dgl. nach seinem Tode sogleich verbrannt wurden. Ganze Fuhren wurden nach dem Kalkofen bei St. Pölten geführt, und gewiß gingen werthvolle Beiträge zur Zeitgeschichte daselbst in Flammen auf. Freilich kann man darüber nur klagen und nicht rechten, denn der letzte Wille eines Sterbenden ist heilig.

Die Verdienste Bischof Feigerle's um die theologische Wissenschaft würdigte die Universität zu Prag, indem sie ihn gelegentlich der Jubiläumsfeier im Jahre 1848 mittelst Di= plom vom 24. August in die Zahl der Doctoren der Theo= logie und der Mitglieder des Doctorencollegiums aufnahm.

Als einen Beleg der rhetorischen Gewandtheit des seligen Bischofs Feigerle theilen wir im Folgenden die Rede mit, die er im Stifte Göttweig bei Gelegenheit der feierlichen Decorirung des dortigen Herrn Abtes Engelbert im Jahre 1860 hielt. Dem aufmerksamen Leser werden die feinen Anspielungen in dieser Rede nicht entgehen, obwohl wir hinzusetzen müssen, daß der Eindruck einer geschriebenen Rede nicht von ferne dem unmittelbaren Eindruck des wirklichen Vortrages gleichgesetzt werden kann.

„Hochwürdiger Herr Abt, Geehrte Versammlung!

Mitten in den Wirren und Bitterkeiten der Zeit ist ein Tag der Freude angebrochen für das uralte Stift des heil. Benedict, in dem wir uns so eben befinden, und für Alle, die freundlichen Antheil nehmen an den Geschicken dieser ehrwürdigen Abtei.

Die Huld Sr. Majestät des Kaisers hat uns diesen Tag der Freude bereitet.

Europa war im Frieden und unser geliebtes Vaterland schien nach Durchführung wichtiger finanzieller Maßregeln im Innern mehr und mehr sich zu consolidiren und in Kunst und Wissenschaft, Industrie, Handel und Gewerbe herrlicher sich zu entfalten, als an den stolzen Worten, welche der fränkische Imperator am ersten Tage des verflossenen Jahres sprach, ein blutiger Krieg sich entzündete, welcher nicht blos Oesterreichs Integrität, sondern auch den Bestand der socialen Ordnung in Europa bedrohte.

Galt es ja doch nicht blos die schamlosen Herausforderungen eines seit Jahren feindselig gesinnten, wühlerischen, undankbaren Nachbars in ihre Schranken zurückzuweisen, sondern auch der Heiligkeit feierlicher Staats-Verträge Achtung zu verschaffen, die Wahrheit gegen die Lüge, das Recht gegen das offenbare Unrecht zu vertheidigen und die Hyder der Revolution, die nun von Thronen aus provocirt und unterstützt wurde, niederzutreten.

Das Kriegs-Manifest unsers Allergnädigsten Kaisers und Herrn wirkte wie ein electrischer Funke, es zerstreute die Nebel, welche aus dem Sumpfe erkünstelter Begriffsverwirrung emporstiegen, und einigte alle Völker Oesterreichs in der Ueberzeugung: der Krieg sei gerecht und unvermeidlich. Diese Ueberzeugung war das Signal zur allgemeinen Kundgebung des reinsten, seit fünfzig Jahren nicht dagewesenen Patriotismus.

Soll ich Ihnen, Verehrte, schildern, was in Oesterreich die Liebe zum Kaiser und Vaterland im verflossenen Jahre gethan? Soll ich sagen, wie die Söhne Oesterreichs muthig und freudig hinabzogen nach Italien, an die Marken des Vaterlandes, voll Begierde, sich zu messen mit dem übermüthigen Feinde? Soll ich sagen, wie tausende und abermal tausende unserer Jünglinge freiwillig die Waffen ergriffen, um mit ihrem Blute einzustehen für die Ehre und Freiheit des Vaterlandes, für Wahrheit und Recht? Soll ich sagen, wie die Bürger des Landes bereitwilligst erhöhte Steuern zahlten und aus eigenem Antriebe größere oder kleinere Geldsummen — je nach ihren Vermögensverhältnissen — hinlegten auf den Altar des Vaterlandes; wie die Frauen und Jungfrauen von Haus zu Haus zogen und Linnen, Hemden, Fußlappen, Verbandstücke und was sonst in dieser Richtung Bedürfniß für die Krieger war, sammelten, sortirten, zuschnitten, verpackten; wie die hohen Damen in ihren Palästen eben so fleißig wie die Kinder unserer Schulen Charpie zupften und mit diesem zwar unscheinbaren, aber doch sehr wichtigen Werke ihrer Hände ganze Kisten füllten? Soll ich sagen, wie die Hülfsvereine sich beeiferten, die gesammelten Vorräthe an Kleidung und Wäsche und Geld und Wein und Tabak an Ort und Stelle zu bringen; wie unsere Priester und barmherzigen Schwestern nach Italien eilten, um den verwundeten und kranken Soldaten auf den Schlachtfeldern und in den Feldspitälern Beistand zu leisten; wie einzelne Gutsbesitzer und ganze Gemeinden ihre Wohnungen öffneten oder Wohnungen vorbereiteten, um die verwundeten, kranken oder reconvalescenten Krieger in selbe aufzunehmen und sie dort wie ihre Brüder zu pflegen; wie gar viele Stiftungen für die Tapfersten der Tapfern und die invalid Gewordenen gemacht wurden; wie unzählige Seufzer und Gebete für den Sieg der gerechten Sache aus den Herzen der Bewohner Oesterreichs emporstiegen zum Himmel, zu dem Herrn der Heerschaaren; und wie dann diese patriotische Begeisterung von Oesterreich aus in die benachbarten deutschen Lande, ja überall hin, wo die Herzen für Oesterreich schlagen, sich verpflanzte und dort werkthätige Theilnahme hervorrief?

Doch dies Alles ist ja Ihnen bekannt und aufgezeichnet, wie in den Herzen, so in den Annalen Oesterreichs, dem ewig der Ruhm bleibt, die erste und einzige Großmacht gewesen zu sein, die für die höchsten Güter der Menschheit, für Recht und Wahrheit, für den Bestand der Religion und socialen Ordnung in die Schranken trat gegen Heuchelei und Lüge, Unrecht und Verrath und Revolution.

Mißgeschick und Enttäuschung nöthigten den Kaiser die Waffen niederzulegen und dem Frieden zu Lieb ein großes, schönes, blühendes Königreich zu opfern. Groß war der Preis. — Möge er doch genügen!

Aber nun, von blutigen Schlachtfeldern zurückgekehrt, wendet sich der Blick des Kaisers auf die Opferwilligkeit seiner geliebten Unterthanen. Das Bild der bewährten Treue, der innigen Hingebung und patriotischen Gesinnung, der unverbrüchlichen Anhänglichkeit an Thron und Vaterland ist aufgerollt vor seinen Augen; und sein wundes Herz findet süßen Trost hier, in der Liebe und Treue seiner Unterthauen; und sein Mund öffnet sich und spricht laute Worte dankbarer Anerkennung für alle Völker und Provinzen, die Gott ihm anvertraut, und die kaiserliche Hand spendet reiche Gnaden nicht bloß denen, die auf dem Felde der Ehre sich besonders ausgezeichnet, sondern auch denen, die in hervorragender Weise während der letzten Kriegsereignisse ihre patriotische Gesinnung bethätigt und die Maßregeln der Regierung durch werkthätige Opferwilligkeit unterstützt haben.

Zu diesen letztern gehört auch der hochwürdige Herr Abt der Benedictiner Stifte Göttweig und Szala-Apathi, Engelbert Schwerdfeger, kaiserlicher Rath, Prälat in Niederösterreich, niederösterreichischer Landesstand, Indigena des Königreiches Ungarn, Mitglied der Landwirthschaftsgesellschaft in Wien und Brünn, wie aus dem hohen Intimationsschreiben Sr. Durchlaucht des hochgeborenen Herrn Carl Fürsten von Lobkowitz, kaiserlichen Statthalters von Niederösterreich, erhellet, welches der verehrte wohlgeborene Herr Bezirksvorsteher öffentlich vorzulesen die Güte haben will.

Der erlauchte kaiserlich österreichische Kron- und Hausorden der eisernen Krone, von weiland Seiner Majestät dem Kaiser Franz I. im Jahre 1815 gestiftet und in dritter Klasse von Sr. k. k. apostolischen Majestät, unserm Allergnädigsten Kaiser und Herrn Franz Joseph I. dem hochverehrten Herrn Prälaten und Abte von Göttweig Allergnädigst verliehen, soll ein besonderes Merkmal der Allerhöchsten kaiserlichen Huld und Gnade sein für alle Diejenigen ohne Unterschied des Standes, welche entschiedene Beweise ihrer Anhänglichkeit an den Landesfürsten und Staat gegeben, das Wohl der Monarchie zu befördern erfolgreich sich bemüht, durch andere große und gemeinnützige Unternehmungen sich ausgezeichnet. Seine Devise ist: Avita et aucta (scilicet Corona ferrea). Avita; denn sie datirt vom Ende des sechsten Jahrhunderts nach Christi Geburt (593); aucta durch die Allerhöchste Entschließung des unvergeßlichen, sein Volk liebenden und von seinem Volke in allen Verhältnissen, bei allen Mißgeschickten geliebten Kaiser Franz I., als nach Beendigung der europäischen Coalitionskriege gegen Napoleon I. ein langer Friede geschlossen ward.

Doch die Krone gebührt dem Verdienste; also können wir wohl auch mit den Ausdrücken avita et aucta den Gedanken an die Merita füglich verbinden.

Die aucta merita dieses uralten, in der zweiten Hälfte des eilften Jahrhunderts von dem seligen Altmann, Bischof von Passau, gegründeten Stiftes und seiner großen Aebte Hartmann, Michael, Gottfried, Altmann u. A. erzählen die Tafeln der Geschichte. Ich sage nun: Fest und herrlich auf dem Mons Kottingen stehend, sieht es hinab seit beinahe acht Jahrhunderten in das reich gesegnete, von mäßigen Höhen umschlossene Thal mit seinen romantisch gelegenen zwei Städten (Stein und Krems) und vierzig Ortschaften, mit seinen Aehren und Trauben, Wiesen und Obstgärten und den mächtigen Fluthen des Jster, die gleich einem Silberfaden durch das Thal sich winden: es sieht, wie auch der Strom der Zeiten gleich dem gewaltigen Donaustrom sachte zwar und majestätisch, aber unaufhaltsam dahin fließt, in das Meer der Ewigkeit; wie gleich der Woge, die an Woge sich drängt, Geschlecht auf Geschlecht folgt und keines eine bleibende Stätte hier findet; wie die Jahre und Jahrhunderte, die trüben und sonnigen Tage und mit diesen seine Bewohner wechseln, während das heil. Kreuz, welches auf der Höhe seiner Thürme glänzt, die vorüberziehenden Pilger eben so ernst als feierlich hinweiset auf ihre ewige Heimath, und das herrliche: Gloria in excelsis Deo et in terra pax hominibus bonae voluntatis noch immer in seinem Gotteshause erschallet, und im vielstimmigen Chore mächtig ertönt der Lobgesang Mariens: Ave Regina caelorum, Ave Domina angelorum. Im Sturm, im brausenden Sturm der sogenannten Reformation und durch mehrfache Feuersbrünste entvölkert und gleichsam in sich vernichtet, steht es, wie ein Phönix aus seiner eigenen Asche, wieder auf, nur um desto fester sich anzuklammern an den unzerstörbaren Fels Petri und mit neuem Eifer die Wissenschaft zu pflegen und mit erstarkter Liebe treue Obsorge zu führen für das Heil unsterblicher Seelen, und so, seines Namens und Berufes würdig, als ein Gott geweihtes Haus (Göttweich, Göttweig) sich darzustellen.

Engelbertus, der sechsundfünfzigste Abt des Stiftes, reihet sich seinen Vorfahren würdig an, um die aucta (merita) nachzuweisen. Ein wahrer Schüler des heiligen Benedict ist er zugleich ein wachsamer Hüter des heiligen Glaubens und der frommen Sitte in seinem Hause, ein Freund des Gebetes und der strengeren Klosterdisciplin, das Vorbild seiner Regularen in aller Demuth und Bescheidenheit, ein wirklicher Abbas — Vater, der seine Brüder liebet und für ihr Bestes besorgt ist, ein Vorstand, der die Wissenschaft pflegt und ehrt, dem theologischen Studium und dem Volksunterricht, der Industrie und allen edlen Zeitbestrebungen seine volle Aufmerksamkeit zuwendet, bei immenser Wohlthätigkeit gegen öffentliche Anstalten, Hausarme, Reisende, an alle dem Stifte incorporirte Ortschaften, die Oeconomie des Hauses in Ordnung hält und die nöthigen Bauten großartig ausführt, ein treuer Diener Gottes, ein treuer Sohn seiner Kirche, voll Pietät gegen den heil. Vater und seinen Diöcesanbischof, ein treuer Unterthan des Kaisers, wie die Aebte Göttweigs in allen Jahrhunderten, voll Hingebung und Opferwilligkeit.

Ich verweise hier nur auf die kostspieligen Restaurationen vieler Kirchen und Pfarrhäuser seines Patronats, wovon auch nur ein Blick in die hierortige Stiftskirche uns überzeugt; auf die vielen neuerbauten oder hergestellten, oder in ihrer Dotation sicher gestellten Volksschulen; auf den regen, wissenschaftlichen Geist des Hauses und dessen Bürger, das resuscitirte theologische Studium, das vor fünf Jahren von einem hoffnungsvollen Priester des Stiftes (Wilhelm Karlin) herausgegebene, von den Gelehrten lange erwartete Saalbuch dieses Stiftes (des berühmten chronicon Gottwicense mit köstlichen Bemerkungen), die gelehrten Forschungen des Veteranen in der Wissenschaft, Ritters des kaiserlich österreichischen Franz-Josef-Ordens, Friedrich Blumberger, die vielen Leistungen des noch immer zu früh dahingeschiedenen vieljährigen Professors und Seelsorgers Odilo Klama, auch meines einstigen vielgeliebten Lehrers. Ich verweise auf die reichen Gaben, welche der patriotische Sinn des Herrn Prälaten auf den Altar des Vaterlandes gelegt und welche hier aufzuzählen seine Bescheidenheit mir verbietet, schließlich auf das hier für zwölf Krieger ganz eingerichtete Spital.

Es gereicht sonach mir, als dem Bischof der Diöcese, zur besonderen Freude, mich der von hoher Landesbehörde erhaltenen ehrenvollen Mission entledigen und dem um Kaiser und Vaterland, Kirche und Schule hochverdienten und von Sr. Majestät durch Allergnädigste Verleihung des Ordens der eisernen Krone III. Klasse ausgezeichneten Herrn Abte Engelbert die Decoration des erlauchten Ordens übergeben und an seine treue Brust heften zu können.

Empfangen hochwürdiger Herr Abt meine herzlichen Wünsche. Seien Sie versichert meiner freudigsten Theilnahme. — Möge Ihnen, Herr Prälat, dieses Ordenszeichen ein immerwährendes Denkmal sein an die Huld und Gnade Sr. k. k. apostolischen Majestät, Allerhöchstwelche durch diese Auszeichnung auch Ihre Anhänglichkeit an Allerhöchstihre kaiserliche Person und das ganze Allerdurchlauchtigste Kaiserhaus, so wie Ihre Verdienste um Staat und Kirche und Ihre vielfältigen Bemühungen um das Wohl der Monarchie öffentlich anzuerkennen und zu würdigen Allergnädigst geruhten: aber auch eine kräftige Aufmunterung, standhaft in Ihren patriotischen Gesinnungen zu verharren und mit Ihrem Beispiele dem ganzen ehrwürdigen Stifte vorzuleuchten.

Möge Ihnen ferner dieses Ordenszeichen ein immerwährendes Andenken sein an die heil. Reliquie, aus welcher die Corona ferrea ist gewunden worden, nämlich an Einen der Nägel, die einst die Hände und Füße unseres Herrn durchbohrten und sie an des Kreuzes Stamm hefteten, daher auch eine stete Aufmunterung, der unendlichen Liebe dessen zu gedenken, der uns mit ewiger Liebe und bis ans Ende geliebt, und Liebe mit Liebe zu vergelten; eine Aufmunterung, in den Wunden des Heilandes Trost zu suchen bei den vielen Trübsalen dieses Lebens, ihm, dem Anfänger und Vollender unsers Glaubens, treu zu bleiben bis in den Tod.

Ehrwürdige Herren und Mitglieder dieses Stiftes! Freuen auch Sie sich herzlich an diesem Tage, die Freude Ihres Herrn Abtes ist ja auch Ihre Freude und seine Ehre Ihre Ehre. — Des Kaisers Huld hat Ihren redlich gesinnten Abbas geehrt, sollten Sie ihn nicht ehren? Ja wohl, Sie ehren ihn und Sie lieben ihn. Wohlan, ehren Sie ihn fortan um so mehr, lieben Sie ihn um so inniger und leisten Sie ihm als Religiose willigen und freudigen Gehorsam. Unterstützen Sie ihn in seinen Unternehmungen zur Ehre Gottes, zum Wohle der Kirche und des Staates, zu Ihrem und der Gläubigen Heil, und vergessen Sie nie seine goldenen Worte: „Dazu sind wir da, daß wir Gutes thun".

Ich freue mich innig, einen hochgestellten Priester, einen Prälaten meiner Diöcese von Sr. k. k. apostol. Majestät so ausgezeichnet zu sehen; und mit mir freuen sich gewiß auch alle anwesenden Herren. Wir freuen uns ob der Weisheit und Huld unsers Kaisers und Herrn, welcher alle seine Unterthanen mit gleicher Liebe und Sorgfalt umfaßt, und fühlen uns um so mehr ermuntert, den Herrn Himmels und der Erde in Demuth zu bitten, daß er Sr. Majestät unter den schwierigen Verhältnissen der Gegenwart Licht und Kraft verleihen möge, immer das Wahre und Rechte, Gott Wohlgefällige, ihm und seinen Völkern Ersprießliche zu erkennen, zu wählen und kräftig durchzuführen; wir fühlen uns ermuntert, zu bitten, daß Er, ohne deſſen Willen kein Haar von unſerm Haupte fällt, den Kaiſer, unſern gnädigſten Landesfürſten und gütigſten Landes= vater, in Geſundheit und Kraft erhalten, ſchützen und ſegnen wolle. Wir rufen einſtimmig aus voller Bruſt und mit patriotiſcher Begeiſterung: Hoch lebe Se. k. k. apoſtoliſche Majeſtät Franz Joſeph I., unſer Aller= gnädigſter Kaiſer und Herr, er lebe hoch, hoch, hoch!"

§. 14.
Feigerle's Reiſe nach Rom.

Aus der Diöceſe St. Pölten war ſeit dem Jahre ihres Beſtehens — 1785 — noch kein Biſchof in Rom geweſen. Die Verhältniſſe und Anſchauungen traten ſtets hemmend ent= gegen. Viele Biſchöfe waren zu betagt zu einer damals ohne Vergleich beſchwerlicheren Reiſe, einige lebten unter dem Drucke der joſephiniſchen Zeitrichtung, wo eine Reiſe ad limina Apo- ſtolorum nicht gerne geſehen wurde, noch Andere wurden in der Blüthe ihrer Jahre vom Tode dahingerafft und an der Ausführung des gehegten Vorſatzes verhindert, wie z. B. der hochſelige Biſchof Michael Wagner, deſſen Name in Rom einen guten Klang hatte.

Biſchof Feigerle, der ſo ſtreng kirchlich dachte, lag die Reiſe ad limina Apoſtolorum, welche ein jeder katholiſche Bi- ſchof wenigſtens Einmal in ſeinem Leben nach den kirchlichen Satzungen machen ſoll, ſchon lange am Herzen. Als daher Se. Heiligkeit Papſt Pius IX. durch ein Rundſchreiben ſämmt= liche Biſchöfe der kahtoliſchen Kirche zu der am Pfingſtſonn= tag des Jahres 1862 ſtattfindenden Heiligſprechung der japa= neſiſchen Martyrer einlud, ſo war Feigerle ſogleich zur Reiſe nach Rom entſchloſſen.

Nicht achtend das vorgerückte Alter und eine zarte Ge= ſundheit, vergeſſend die Beſchwerlichkeiten einer noch immer und beſonders durch die damaligen Zeitverhältniſſe bedingten längeren Reise zu Land und zu Wasser, entschloß er sich der Einladung des heil. Vaters zu folgen und die Reise zu dem Grabe der Apostelfürsten anzutreten.

So fügte es die göttliche Vorsehung, daß Bischof Feigerle, der den Priestern und Gläubigen seiner Diöcese ein frisches Leben durch Wort und Beispiel eingehaucht, den Ruhm hatte, der Erste unter den Bischöfen der Diöcese St. Pölten gewesen zu sein, der seine kindliche Ergebenheit persönlich dem Nachfolger des heil. Petrus aussprach und die limina Apostolorum in eigener Person besuchte.

Als Reisebegleiter wählte Feigerle den Schreiber dieser Zeilen, der das Glück hatte, bereits zweimal in Rom gewesen zu sein, ferner den Herrn Secretär und den Kammerdiener. Zwei geachtete Bürger der Diöcese St. Pölten baten sich die Gnade aus, in Gesellschaft des hochgeachteten Oberhirten mit= reisen zu dürfen.

Die Reise nach Rom unter den damaligen politischen Constellationen war ein Ereigniß. Arge Schwarzseher sahen uns bereits als Gefangene in irgend einer piemontesischen Festung. Feigerle lachte dazu und empfing mit gehobener Seelenstimmung die zahlreichen Abschiedsbesuche Einheimischer und Auswärtiger. Die Bürgerschaft der Stadt St. Pölten, welche eben damals über eine Art kirchlicher Streitfrage in Parteien zerfallen war, vergaß allen Zwist und einigte sich in der Kundgebung der dankbaren Anhänglichkeit an den Bi= schof, der so viel Gutes für die Diöcese und insbesondere für die Kathedrale gethan. Laien und Geistliche, Bürger und Militär, Adel und Gemeinderath wetteiferten gewissermaßen in der Manifestirung ihrer gläubigen Gesinnung. Es zeigte sich, wie geachtet und beliebt Bischof Feigerle war.

Bevor Feigerle seine Diöcese verließ, sprach er seine Ge= fühle in einem zwar kurzen, aber von apostolischer Liebe zu den Gläubigen eingeflößten Hirtenbriefe aus, welcher überall mit herzlicher Theilnahme und unter Thränen angehört wurde. Wir lassen ihn hier wörtlich folgen:

„Der heilige Vater hat mittelst eines Schreibens Sr. Eminenz des Herrn Cardinals Prosper Caterini allen Bischöfen der katholischen Welt bekannt geben lassen, daß er am nächst kommenden hohen Pfingstfeste die Heiligsprechung der japanesischen Martyrer vornehmen wolle, und zugleich den Wunsch ausgesprochen, daß die Bischöfe, wofern es ohne Nachtheil für die ihrer Obhut anvertrauten Gläubigen geschehen kann, dieser hohen Feier beiwohnen mögen. — Diesem liebreichen Wunsche Sr. Heiligkeit Papst Pius IX. gemäß habe ich mich entschlossen, in diesem Monate, wenn es so Gottes Wille ist, nach Rom zu reisen, um nicht blos jener seltenen kirchlichen Feier beizuwohnen, sondern auch, wie es katholischen Bischöfen geziemt, die Gräber der heil. Apostelfürsten Petrus und Paulus zu besuchen und an der Stätte, wo sie gelitten für Christus den Herrn und die Wahrheit seiner Lehre, wo sie besiegelt ihre Liebe zu Christus mit ihrem eigenen Blute, neue Kraft und neuen Muth des Glaubens zu schöpfen, um die Gnade der Beharrlichkeit im Glauben, in der Hoffnung, in der Liebe zu erflehen und um dort die Anliegen und Nöthen meiner ganzen Diöcese, ja des ganzen Vaterlandes niederzulegen und durch die Fürsprache der heil. Apostelfürsten Petrus und Paulus alle Gnaden, alle Erleuchtungen, alle Kräftigungen, alle Tröstungen für unsern innigst geliebten Kaiser und Herrn, für meine theueren Diöcesanen und alle Bewohner des großen Oesterreiches von dem Geber aller guten Gaben zu erbitten; um dem heil. Vater, dem Vater der Christenheit, meine tiefste kindliche Ehrfurcht zu bezeigen, um ihm von Euch, von Eurem Glauben, von Eurer treuen Anhänglichkeit an ihn, von Eurer Liebe zu ihm zu erzählen, und dadurch seinem Herzen einigen Trost mitten in den vielen Trübsalen, die ihn umgeben, zu bieten, um von ihm den apostolischen Segen für mich und Euch alle zum weiteren Wirken, Kämpfen und Dulden zu erlangen. — Werde ich Euch, werdet Ihr mich wieder sehen? Das weiß Niemand. — Wir müssen wachen und bereit sein, jeden Tag dem Herrn Rechenschaft zu geben von unserer Haushaltung. — Darum bitte ich Euch, betet für mich, daß der mächtige und gütige Gott, wenn es so sein heiliger Wille ist, mich auf der ganzen Pilgerfahrt durch seinen heiligen Engel geleite und schütze in jeder Gefahr und gesund zurückführe in Eure Mitte. Auch ich will an allen Orten und besonders in der ewigen Stadt, in dem Dome von St. Peter, an den vielen durch das Blut der heil. Martyrer geheiligten Stätten, dort, wo der heilige Blutzeuge und Bischof von

Antiochia Ignatius eine Speise der Löwen geworden, in den Katakomben, wo die ersten Christen ihre gottesdienstlichen Versammlungen hielten, überall meine Hände zum Himmel erheben, damit der Vater aller Erbarmungen und der Gott alles Trostes Euch von allen Anfechtungen des Bösen dem Leibe und der Seele nach bewahre und mir die Freude gewähre, Euch wieder zu sehen, Euch den Segen des heil. Vaters zu überbringen und zu erzählen von der Huld und Liebe, mit welcher er auch Euch, wie alle Menschen, umfaßt. — Sollte es aber der Herr in seiner anbetungswürdigen Weisheit anders beschlossen haben, so sehet diese Worte als den Scheidegruß Eures Oberhirten an und gedenket seiner armen Seele in Liebe. St. Pölten, am 6. Mai 1862.

Ignatius, Bischof."

Der 11. Mai war zur Abreise bestimmt. Nachmittags 5 Uhr zog der hochwürdigste Herr Bischof im schwarzen Reisetalar in die Domkirche, empfing den Segen mit dem Allerheiligsten und fuhr dann, von den Segenswünschen der zahlreich herbeigeströmten Bevölkerung begleitet, zum Bahnhofe, um den Abendeilzug zu erwarten. Der freie Platz vor dem Bahnhofsgebäude war voll von Leuten, und Alles drängte sich herzu und hinein, um nochmals dem scheidenden Oberhirten die ehrwürdige Hand zu küssen.

Alle Wartsäle und der Perron waren belagert von Geistlichen und Laien beiderlei Geschlechtes. Der Eilzug braust heran, wir steigen ein, die Glocke klingt zum dritten Mal, die Locomotive signalisirt und vorwärts bewegte sich der Zug. Der Bischof neigte sich nochmals zum Wagen hinaus und ertheilte allen Gegenwärtigen den oberhirtlichen Segen. „Era un prospetto magnifico" (das war ein herrlicher Anblick), sagte ein Italiener, der auf dem Eilzuge mitfuhr.

Unvergeßlich wird mir stets diese Ehrenbegleitung im Gedächtniß bleiben. Meine Hochachtung und Liebe für den allverehrten Oberhirten wuchs mit jedem Tage, den ich in dessen unmittelbarer Nähe zubrachte. Feigerle sah nur wenig von den Schönheiten der Natur, die wir mit dem Dampfrosse durcheilten, denn fort und fort war er in seinem Brevier ober in anderen Andachtsbüchern beschäftigt. Bevor er das Matutinum anticipirte, sah er stets auf die Uhr, ob die Stunde nach den Rubriken erlaubt sei. Jede Kirche grüßte er durch Entblößung des Hauptes. Abends, bevor er im Waggon einschlief, kniete er nieder (wir waren fast immer allein in einem Coupé erster Klasse) und betete sein Abend= gebet, desgleichen that er Morgens, wenn die aufgehende Sonne ihn weckte. Er behielt nur einen gestickten Reisesack bei sich, der fast nichts als Gebetbücher enthielt, mitunter sehr ab= gegriffene, denen man es anmerkte, daß sie viel und lange schon gebraucht worden waren. Manchmal las er in einer französischen oder italienischen Grammatik und verlangte, daß ich mit ihm in diesen Sprachen zur Uebung converfire. --- Traurig sah ich ihn während der Reise nie, außer wie er zu Rom erkrankte; dagegen war er oft sehr heiter und konnte herzlich über die Erlebnisse mancher Mitreisenden lachen. Am glücklichsten fühlte er sich auf dem Gebhartsberge bei Bre= genz, in Maria=Einsiedeln, am Pfingstsonntage zu Rom, nach der Audienz beim heiligen Vater und am deutschen Rhein.

Die Reise ging in einer Tour über Linz, Salzburg, München nach Lindau am prächtigen Bodensee. Der schöne Nachmittag wurde zu einem Ausfluge nach dem nahen Geb= hartsberge bei Bregenz benützt, welche anstrengende Partie Bischof Feigerle mit einer freudigen Rüstigkeit, die das beste Zeichen einer festen Gesundheit ist, zurücklegte. — Weiter ging's in die Schweiz, und zwar nach Maria=Einsiedeln, wo= hin den frommen Bischof, wie es schien, ein frommes Gelübde zog, wahrscheinlich, um den mächtigen Schutz der allerseligsten Jungfrau für die bevorstehende große Pilgerreise zu erflehen. Feigerle war an dem berühmten Gnadenorte ganz selig. Er las die heil. Messe in der Gnadenkapelle, bei welcher zwei junge Priester des Benedictinerordens assistirten, deren einer jetzt in Amerika ist. Leider konnten wir von der Einladung, länger zu bleiben, keinen Gebrauch machen. Nachdem Feigerle in der Benzinger'schen Druckerei große Bestellungen von Heiligenbildern u. dgl. gemacht hatte, fuhren wir über Schwyz nach Luzern und Tags darauf weiter nach Genf. Den neugierigen Genfern fiel die bischöfliche Tracht sehr auf, Viele schmunzelten. Feigerle bemerkte es nicht, oder wollte es nicht bemerken. Wir besuchten im Geleite eines deutsch sprechenden Geistlichen, welcher erst vor Kurzem in St. Pölten für eine Genfer Kirche gesammelt hatte, den Generalvicar, den durch seine Predigten berühmten Abée Mermillod, die neuerbaute gothische Kirche und die Kinderbewahranstalt, in welcher Bischof Feigerle den französisch singenden lieben Kleinen auf Ersuchen der barmherzigen Schwestern den heiligen Segen ertheilte.

Von Genf ging es eilig über Lyon nach Marseille, um die Abfahrt des französischen Dampfbootes nach Italien nicht zu versäumen. Zuvor wurde die berühmte Wallfahrtskirche Notre Dame de la Garde (Maria Schutz) auf dem weithinausragenden Kalkhügel oberhalb der Stadt Marseille besucht, um eine glückliche Meeresfahrt zu erflehen. Viele Bischöfe celebrirten an dem Gnadenaltare, einer wartete geduldig auf den andern, auch Bischof Feigerle. Die französischen Geistlichen waren voll Aufmerksamkeit gegen letzteren und luden ihn ein, bei der eben stattfindenden Maiandacht den Segen mit dem hochwürdigsten Gute zu ertheilen. Nach einigem Widerstreben — er hatte nämlich dem Bischof der Stadt noch keinen Besuch gemacht — gab Bischof Feigerle den inständigen Bitten nach. Während der Predigt saß die Geistlichkeit auf einem der Kanzel schief gegenüberliegenden und eigens vorbereiteten Platze, darunter auch Bischof Feigerle. Am Schlusse der Predigt wendete sich der gewandte Prediger in einer sehr gelungenen Improvisation an den hochwürdigsten Herrn Bischof, dessen Frömmigkeit er pries, dem er die Fürbitte am Grabe der Apostelfürsten empfahl, dem er Glück wünschte ob der bevorstehenden Canonisationsfeier und der großen Gnade, den Segen des heil. Vaters zu empfangen. Das Volk horchte lautlos zu, Einigen traten die Thränen in die Augen. Feigerle war tief gerührt und zählte diesen unvergeßlichen Abend zu den schönsten Erinnerungen seiner Reise.

Die Meeresfahrt war insoferne eine unangenehme, als das Schiff überfüllt und die Witterung, wenigstens in der zweiten Hälfte der Fahrt, etwas stürmisch war. Bischof Feigerle hatte von der Seekrankheit wohl nicht stark, aber doch zu leiden. Er mußte gleich anderen Passagieren auf einer Matratze schlafen, die unter den vielen übrigen Passagieren auf dem Boden der Kajüte ausgebreitet wurde. Er lachte dazu und tröstete uns mit den Worten: Juvat socios habere dolorum! Es waren über 200 Priester und im Ganzen 27 Bischöfe auf dem Schiffe, darunter der Erzbischof von Toulouse. Teutschland war vertreten durch die Bischöfe von Münster, Paderborn, Osnabrück und St. Pölten.

In Civitavecchia machten die Bischöfe dem päpstlichen Legaten ihren Besuch und fuhren dann auf der Eisenbahn nach Rom, wo sie Abends ankamen. Es war ihr Vorhaben, sich noch denselben Abend Sr. Heiligkeit vorzustellen, was jedoch nicht zur Ausführung kam. Bischof Feigerle benützte aber diese Gelegenheit, um in der nahen St. Peterskirche Gott für den außerordentlichen Schutz während der Reise zu danken.

Bischof Feigerle wohnte während seines dreiwöchentlichen Aufenthaltes zu Rom im Profeßhause der Jesuiten, al Gesù genannt, welche Wohnung ihm der Pater General dieses Ordens, Peter Beckx, zur Disposition gestellt hatte. Sowohl dieser als der liebenswürdige General-Assistent Pater Pierling waren langjährige intime Freunde Feigerle's. Bischof Feigerle bekam zwei einfach möblirte Zimmer im dritten Stocke angewiesen, ein Empfangs- und ein Schlafzimmer. Aber gerade diese Einfachheit und Zurückgezogenheit, die

klösterliche Stille und der Ernst einer pünktlichen Tagesord=
nung waren es, welche dem frommen Bischof Feigerle ganz
vorzüglich zusagten, so daß er sehr zufrieden war; die ita=
lienische Kost (er speiste mit den Ordenspriestern täglich am
gemeinschaftlichen Tische) behagte ihm freilich etwas min=
der. Alle im Hause gewannen den so apostolisch demüthigen
Mann lieb.

Um Rom wahrhaft zu schätzen, muß man es länger
kennen, und so steigerte sich auch mit jedem Tage die Ver=
ehrung Bischof Feigerle's für die heilige Stadt, welche so
glücklich ist, den Nachfolger des heil. Petrus zu beherbergen.
Um die Schätze der Kunst und des kirchlichen Lebens zu wür=
digen, wurde keine Mühe gescheut. Kirchen, Museen, Biblio=
theken, Paläste wurden freilich zumeist nur flüchtig besucht,
aber doch mit dem Gewinne großartiger Eindrücke.

In geselliger Beziehung fand sich Feigerle angenehm an=
geregt in dem Zirkel der Cardinäle Altieri und Graf Rei=
sach, wo sich die kirchlichen Oberhirten regelmäßig an be=
stimmten Tagen trafen. Bischof Feigerle, welcher Sr. Eminenz
dem Cardinal Altieri noch von Wien aus, wo letzterer als
päpstlicher Nuntius fungirte, bekannt war, wurde mit aller
Herzlichkeit begrüßt, und die meisterhafte Gewandtheit in der
lateinischen Sprache machte ihn baldigst zu einem gesuchten
Centrum in der Conversation der Uebrigen.

Die früheren freundlichen Beziehungen Feigerle's zu Sr.
Excellenz dem österreichischen Herrn Botschafter zu Rom, Ba=
ron Bach (ein Onkel des Letzteren war Probst und Stadt=
pfarrer zu Krems), machten den Aufenthalt zu Rom doppelt
angenehm.

Auch bei Monsignor Nardi, dem Uditore di Rota für
Oesterreich, einem gelehrten und vielgewandten Prälaten, der
beim heiligen Vater sehr beliebt ist, fand sich Bischof Feigerle
gerne ein, zumal ihn jener mit Aufmerksamkeiten und Ge=

fälligkeiten überhäufte; so z. B. holte er Bischof Feigerle in
der Regel mit seinem Wagen ab, wenn irgend eine kirchliche
Function war, an welcher die Bischöfe theilnahmen.

Noch war jedoch der Hauptzweck der Pilgerreise zu erfüllen, nämlich persönlich über die oberhirtliche Amtsführung
beim Nachfolger des heil. Petrus Rechenschaft abzulegen. Dies
geschah am 23. Mai bei der Congregatio Concilii, wobei
Schreiber dieser Zeilen als Dolmetsch zugegen war. Der
hochwürdigste Herr Bischof überreichte in eigener Person den
geschriebenen Bericht über die ihm anvertraute Diöcese, er-
läuterte Punkt für Punkt der Relation in fließender lateinischer Sprache und gab mündlich die gewünschten Aufschlüsse.
Die einzelnen Belege, alle roth gebunden, wurden von mir
bereit gehalten. Man bewunderte die sprachliche Gewandtheit
und apostolische Thätigkeit des hochwürdigsten Herrn Bischofs,
ging über mehrere Stücke in nähere Details ein, welche die
unverholene Anerkennung nur vermehren konnten. Wir blieben über eine Stunde daselbst. — Was jedoch diesen Tag und
diese Audienz für die Diöcese St. Pölten noch denkwürdiger
macht, ist der Umstand, daß es gerade der zehnte Jahrestag
der bischöflichen Inthronisation war. Bisher war der fatale
Aberglaube verbreitet, kein Bischof St. Pöltens könne länger
als zehn Jahre leben (unter den bisherigen zehn Bischöfen
war es zufällig so der Fall). Und siehe da, der Bischof, der
zum ersten Male nach Rom pilgert, und zwar im zehnten
Jahre seiner Regierung, überwindet das Vorurtheil, macht
den Aberglauben zu Schanden, überreicht gerade am zehnten
Jahrestage seiner Inthronisation persönlich die Relation über
die ganze Diöcese und sein zehnjähriges Wirken, und feiert
so einen wahren Triumph an diesem Tage. Ob solche oder
ähnliche Gedanken in der Seele des hochwürdigsten Herrn
Bischofs vorgingen, weiß ich nicht zu sagen; aber dessen war
ich Zeuge, daß er sehr froh und heiter war, gleichsam, als

hätte er eine schwer drückende Last von seinen Schultern ge-
wälzt, und daß diese Freude sich noch mehr steigerte, als bei
der Nachhausekunft ein Telegramm anlangte, in welchem das
hochwürdige Domcapitel von St. Pölten dem geliebten Oberhirten seine Glückwünsche zu dem zehnten Jahrestage der Inthronisation darbrachte. — Schon deshalb ist die Pilgerreise
des hochwürdigsten Herrn Bischofs ein Ereigniß zu nennen,
das seine segensreichen Folgen entfalten wird.

Das zweite wichtige Anliegen Feigerle's war der ehr-
erbietige Besuch beim heiligen Vater. Die Audienz fand am
27. Mai um die Mittagsstunde statt. Von Monsignor Pacca
eingeführt, verweilte Bischof Feigerle eine volle halbe Stunde
ganz allein bei dem heiligen Vater. Was in jener Audienz
gesprochen wurde, kann ich natürlich nicht verbürgen; das aber
kann ich sagen, daß eine jubelnde Seelenheiterkeit auf dem
Antlitze Feigerle's lag, als wir den Vatican verließen. Den
unauslöschlichen Eindruck der Audienz hat Bischof Feigerle
selbst in einem Hirtenbriefe folgendermaßen geschildert:

„Was soll ich Euch von der Persönlichkeit des heil. Vaters sagen?
Denket Euch einen Greis von siebenzig Jahren, kräftig gebaut, gesunden
Aussehens, in edler majestätischer Haltung; sein Antlitz ruhig und heiter
und bei leisem Anflug niedergekämpften Schmerzes voll Gottvertrauens,
voll freundlicher Huld und Liebe, sein Auge mild, sein Mund wohl-
wollend, sein Blick alle Herzen gewinnend, seine Stimme so rein, lieb-
lich, stark und klangreich, daß ich eine ähnliche nie gehört. Das ist der
Papst. O hättet Ihr ihn doch alle gesehen! — Jeder, der das Glück
hat, ihm zu nahen, bei ihm Audienz zu haben, ist entzückt und begeistert
von seiner Herablassung, von seiner väterlichen Güte. Alle Beschwerden
der Reise, alle Opfer sind vergessen. — Der heil. Vater in seinem weiß-
tuchenen Talar ist die lieblichste Erscheinung, ein Bild der Einfachheit
und der stillen Größe, ein Bild wahrer christlicher Demuth und der
reinsten Gesinnung. Der Glaube des Petrus, die Hoffnung des Paulus, die Liebe des Johannes sind in ihm gleichsam verkörpert. Er ist
der Mann des Gebetes, der eifrigste Verehrer der seligsten Jungfrau.
Was er gewähren kann, gewährt er alsogleich; was er nicht gewähren
kann, behält er seiner künftigen Entscheidung vor. Ist er auch viel

beschäftigt und muß er auch unzählige Menschen empfangen und allerlei
Unangenehmes erfahren, er bleibt sich dennoch immer gleich, gütig, huld=
reich, liebevoll: man kann an ihm keine Ermüdung wahrnehmen, keine
Aufregung, keine Heftigkeit, kein Schwanken im Reden und Handeln.
— Der Herr hat ihm Weisheit und Charakterstärke, einen klaren durch=
dringenden Verstand und das liebreichste Herz; gegeben. Als ich die
Audienz beim heil. Vater hatte, habe ich Euch Alle in meinem Herzen
getragen, und hätte gewünscht, daß Ihr Alle dieses Glückes theilhaftig
gewesen wäret. Der heil. Vater hat mit sichtlicher Befriedigung aufge=
nommen, was ich ihm über Euch und von Euch erzählt, er fragte mit
großer väterlicher Theilnahme nach den Zuständen meiner Diöcese und
nahm den innigsten Antheil an unserm geliebten Oesterreich."

Beim Abschiede umarmte der Papst den hochbeglückten
Bischof Feigerle wie einen Bruder.

Indeß waren auch Tage der Trauer und Betrübniß in
Rom zu überwinden, denn Bischof Feigerle erkrankte an einem
hartnäckigen Fieber, das ihn durch eine Woche ans Bett fesselte.
Wir hatten an einem Maitage das Colosseum und die nah=
gelegene Basilica des heil. Clemens besucht, wo die wenigen
Reste des heil. Ignaz des Martyrers, des Namenspatrons
unseres seligen Herrn Bischofs, aufbewahrt werden. Bischof
Feigerle las auf dem Hochaltar der Basilica die heil. Messe
und folgte der Einladung des dortigen Dominicanerpriors,
die unterirdische Kirche zu besuchen, wo man eben auf Kosten
des heil. Vaters Ausgrabungen vornahm, um auf die Gräber
der beiden Slavenapostel Cyrillus und Methodius zu stoßen,
welche sich laut historischen Documenten dort befinden sollen.
Als ein geborener Mährer empfand Bischof Feigerle dafür ein
ganz specielles Interesse und hielt sich unverhältnißmäßig lange
in den kühlen unterirdischen Gemächern auf, und war trotz
alles Mahnens von den ausgegrabenen Bildern und Inschriften
nur schwer fortzubringen. Wahrscheinlich hatte die Verkühlung,
welche in den Sommermonaten in Rom so gefährlich werden
kann, geschadet, denn bald darauf stellten sich die Symptome
des Fiebers ein. Die Pflege von Seiten des Hausarztes war

zwar die sorgfältigste, doch schien das Uebel hartnäckig zu sein, denn die körperliche Schwäche und Abspannung nahm mit jedem Tage zu.

Da riethen die Aerzte einen Ausflug in die nahen Berge des alten Tusculum an, um die frische, stärkende Luft daselbst einzuathmen. Dies geschah denn auch. Wir fuhren am 5. Juni früh auf der Eisenbahn nach Frascati und mietheten eine Kutsche, um einen Ausflug nach dem päpstlichen Lustschloß Castell Gandolfo und dem reizenden Albano zu machen. Es war ein prächtiger Sommertag. In den Gebüschen bei Marino sangen die Nachtigallen um die Wette, der tiefblaue Albanosee glänzte aus der Tiefe herauf, die dichtbewachsenen Berge, auf denen das Felsendorf Rocca di Papa, das Passionistenkloster und die Wallfahrtskapelle Madonna del Tufo liegt, sahen so freundlich grüßend und einladend herüber — es war ein Tag, an dem man sich freuen mochte. Indeß für uns sollte es ein trauriger Tag des Schreckens werden, ein Tag, den ich nie vergessen werde. — Angelangt in Castell Gandolfo, befiel den hochwürdigsten Herrn Bischof eine solche Schwäche, daß es unmöglich war, die Reise weiter fortzusetzen. Wir traten in das päpstliche Schloß, um dort die nöthigste Hilfe zu suchen. Der Schloßverwalter, ein äußerst gefälliger Mann, stellte sogleich eines der Zimmer Sr. bischöflichen Gnaden zur Verfügung, um etwas auszuruhen, und trug überhaupt in der allerfreundlichsten und besorgtesten Weise seine Dienste an. Die Abgeschlagenheit und Apathie des Patienten war jedoch derart, daß alle dargebotenen Mittel verschmäht wurden. Nach einer halbstündigen Rast machte ich Sr. bischöflichen Gnaden den Vorschlag, allsogleich nach Rom zurückzukehren, was auch angenommen und ausgeführt wurde. Es war eine traurige sprachlose Fahrt. Wir kamen eben noch recht, um den Mittagstrain nach Rom benützen zu können. Um 2 Uhr waren wir wieder — Gott sei Dank — glücklich im stillen Hause al Gesù. Die Doctoren wurden gerufen und fanden den Zustand des Kranken bedenklich.

Während der Dauer der Krankheit erhielt Bischof Feigerle von allen Seiten die ehrendsten Beweise freundschaftlich besorgter Theilnahme. Er selbst ertrug seine Krankheit mit bewundernswerther Ruhe und Ergebung. Es war ihm nur leid, daß er an der Versammlung der Bischöfe, in welcher die Ergebenheits-Adresse an den heil. Vater entworfen und besprochen wurde, nicht persönlich theilnehmen konnte. Bischof Haynald von Siebenbürgen, ein Schüler Feigerle's, überbrachte dem kranken Bischof das Manuscript in seine Wohnung, wo die Unterschrift stattfand.

Nun nahte aber das heil. Pfingstfest und damit die große Feierlichkeit der Heiligsprechung der japanesischen Martyrer im Dom zu St. Peter. Es lag in den sehnlichsten Wünschen Bischof Feigerle's, dieser seltenen Function, der zu Lieb er nach Rom gereist war, persönlich beizuwohnen. Der Arzt, welcher darüber um Erlaubniß gefragt wurde, machte ein bedenkliches Gesicht und meinte, einen Theil der Function könne der reconvalescirende Bischof schon mitmachen. Bischof Feigerle aber gab die eines Bischofs würdige Antwort: aut interesse aut mori (entweder zur ganzen Feierlichkeit, oder sterben). Wirklich fuhr Bischof Feigerle am Pfingstsonntag 5 Uhr Früh nach St. Peter und harrte standhaft bei der ganzen Feierlichkeit, die bis nach 1 Uhr Mittags dauerte, aus, und was das Merkwürdigste dabei war, der Reconvalescent fühlte sich darauf gesünder als je, so daß einige fromme Römer es der Fürbitte der neuen Heiligen zuschrieben. Später stellten freilich etliche Aerzte die Behauptung auf, die energische Unterdrückung der nicht entwickelten Krankheit habe den Keim zu der später erfolgten schweren Erkrankung Feigerle's gelegt. Uns steht darüber kein Urtheil zu.

Bischof Feigerle nahm auch an dem Diner des Pfingst=
montages Theil, das der heilige Vater allen zu Rom anwesen=
den Bischöfen gab, und hatte bei dieser Gelegenheit nochmals
die Freude, mit Pius IX. zu sprechen. Ganz selig kam er
nach Hause.

Nun war nur noch die letzte Obliegenheit eines jeden
Bischofs, der nach Rom kommt, zu erfüllen, nämlich der Be=
such der „limina Apostolorum", d. h. der Gräber der Apostel=
fürsten Petrus und Paulus, also der St. Peterskirche und der
St. Paulskirche. Bischof Feigerle unterzog sich dieser Pflicht
mit emsiger Genauigkeit und verband in seiner frommen Weise
damit zugleich den Besuch der sieben Kirchen Roms, um des
dafür verliehenen Ablasses theilhaftig zu werden.

Gerne wäre Bischof Feigerle noch bis zum Feste der
Apostelfürsten oder doch bis zum Frohnleichnamstage geblieben,
aber die oberhirtlichen Sorgen und Arbeiten für die Diöcese
gestatteten es nicht. So wurde also am 12. Juni die Rück=
reise angetreten, und zwar wieder über Civitavecchia nach Mar=
seille, weil die kirchenfeindliche Gesinnung der Piemontesen für
durchreisende Bischöfe und Priester eben nicht viel Anziehen=
des hatte. Sonst hätte Feigerle gewiß die Route über Loretto
nach Ancona und Triest vorgezogen.

Auf dem Dampfschiffe „Quirinal" fanden sich die deut=
schen Bischöfe von Mainz, Würzburg, Regensburg, Lavant,
Gurk, Münster, Osnabrück, Speyer. Die Ueberfahrt war
dießmal glimpflicher, wenigstens hatte Bischof Feigerle eine
ordentliche Liegestatt (couchette). Die Passagiere waren
wieder meistens Geistliche.

Die weitere Rückreise geschah über Paris und London.
Der Umweg über Paris zur Londoner Industrieausstellung
war Feigerle's schon in St. Pölten gefaßtes Vorhaben.
Zu Lyon verweilte Bischof Feigerle eigens nur, um in
der be…hmten Wallfahrtskirche Notre Dame de Fourvières

celebriren zu können. Als es bekannt wurde, daß derselbe eben von Rom gekommen sei, wollte Alles ihn sehen und den bischöflichen Segen bekommen. Selbst auf der Straße knieten sich die Leute nieder und baten um den heil. Segen. Leute, die ich sprach, erkundigten sich mit rührender Theilnahme um das Befinden des heil. Vaters und um nähere Details über das Pfingstfest zu Rom. Diese rührende Theilnahme traf sich übrigens während der Heimreise noch öfter. — Als Bischof Feigerle zu Paris in der Kirche Maria vom Siege (des victoires) nach der heil. Messe die Danksagung verrichtete, trat eine Frau, die eben vorgesegnet worden war, mit dem Kindlein, das sie trug, zu dem Bischof hin und bat um den heiligen Segen. — Als wir in den Wagen stiegen, blieben die Leute gruppenweise stehen und grüßten voll Ehrfurcht den fremden Bischof mit dem römischen Hute.

In London, wo der englische Bischof Monsf. Thomas Grant den freundlichen Cicerone machte, brachten wir den Frohnleichnamstag zu. Bischof Feigerle wohnte in der Kathedrale von Southwark dem feierlichen Hochamte bei und begleitete, eine Wachsfackel tragend, die feierliche Prozession mit dem hochwürdigsten Gute, welche innerhalb der Kirche stattfand.

Zwei Tage in Paris und zwei Tage in London waren allerdings nur ein kurzer Aufenthalt, aber Bischof Feigerle wußte die Zeit zu nützen. Eine einläßlichere Schilderung der bischöflichen Pilgerreise findet sich in der Broschüre: „Ad limina Apostolorum", welche Schreiber dieser Zeilen verfaßte. (St. Pölten, Passy und Sydy 1862.)

Wie glücklich fühlte sich Bischof Feigerle wieder auf deutschem Boden! In Aachen besuchte er die Heiligthümer des Domschatzes; zu Köln brachte er einen Abend bei Sr. Eminenz dem Cardinal v. Geissel zu; zu Mainz hielt er eine ergreifende Ansprache an die jungen Theologen und umarmte den apoſtoliſchen Biſchof v. Ketteler; zu Regensburg nahm er die Einladung des dortigen Herrn Biſchofs v. Seneſtrey zum Mittagstiſche an; zu Linz wurde das letzte Nachtlager gehalten.

Biſchof Feigerle wollte einen feierlichen Empfang ver= meiden, aber es gelang ihm nicht. An den Bahnhofsſtationen der Diöceſe ſtanden die Geiſtlichen zur ehrfurchtsvollen Be= grüßung ihres Oberhirten, und in St. Pölten war eine un= geheure Menſchenmenge auf dem freien Platze vor dem Bahn= hofe ſichtbar — auf dem Perron ſelbſt das hohe Domcapitel, ſämmtliche Herren Stiftsäbte, der Klerus der Stadt und viele Prieſter aus der Diöceſe, die Civilautoritäten, der Bürger= meiſter und die Gemeinderäthe, Männer und Frauen und Kinder. Man ſah, es war Allen darum zu thun, dem all= geehrten Kirchenfürſten, der von der weiten Reiſe ſo glücklich heimgekehrt war, durch huldigenden Empfang die Bezeugung der Liebe und Ehrfurcht darzubringen.

Nun ſetzte ſich der Zug in Bewegung. Durch eine lange Spalier weißgekleideter Mädchen, welche Guirlanden von Eichen= laub in den Händen hielten, ging es in ſchönſter Ordnung unter dem Geläute der Glocken zur Domkirche, an deren Portale Herr Domprobſt Dr. Franz Werner die Glückwünſche Aller in einer feierlichen Anſprache darbrachte.

Die dichtgefüllte Kathedrale konnte die Menge der Ver= ſammelten nicht faſſen; die aber ſo glücklich waren, in dieſelbe gelangen zu können, ſahen mit heiliger Freude, wie der hochw. Oberhirt trotz der Mühen der Reiſe allſogleich ſich anſchickte, die Kanzel zu beſteigen, um eine apoſtoliſche Anſprache an die Verſammlung zu richten. Es war ein erhebender Moment! Die Worte des biſchöflichen Redners wurden mit allſeitiger Begeiſterung vernommen. Den Hauptinhalt dieſer Predigt veröffentlichte Biſchof Feigerle in einem bald darauf erlaſſenen

Hirtenbriefe. — Das Te Deum und der Segen mit dem hochwürdigsten Gute schlossen die kirchliche Feier. — In der bischöflichen Residenz angelangt, nahmen Se. bischöflichen Gnaden die Glückwünsche entgegen. Obwohl es inzwischen eilf Uhr geworden war, so brachte Bischof Feigerle doch noch das Opfer der heil. Messe zum Danke dem Allmächtigen dar. Es war der 26. Juni.

So war also die erste Pilgerreise eines Bischofs von St. Pölten ad limina Apostolorum glücklich vollendet und versprach Heil und Segen zu bringen dem frommen Pilger wie der ganzen Diöcese.

Bischof Feigerle lieh diesem Gedanken in seinem letzten Hirtenschreiben folgende Worte:

„Ich hätte nach dem, was in Rom mir zugestoßen, gar leicht auch meinen Lebenslauf in Rom beschließen können. Doch der Herr hat es nicht gewollt. — Er hat mich gerettet aus der Hand der feindseligen Gewalten und mir die Gesundheit und Kraft und das Leben gleichsam neu wiedergegeben. Darum will ich es mit erneuertem Entschlusse und gestähltem Muthe ihm von Neuem weihen; ich will keine Mühe scheuen, um meinem hochheiligen Berufe, so lange es Gottes Wille ist, obzuliegen zur Verherrlichung seines Namens und zum Heile der Seelen. Ich habe ja das alte Rom, ich habe das neue Rom, die Herrlichkeit der Kirche, den Kampfplatz der ersten Christen und ihre nie erlöschenden Triumphe, ich habe den Nachfolger Petri und die Bischöfe der ganzen katholischen Welt gesehen, gesehen ihren Glauben, ihre Liebe, ihre Einheit in den Dingen des Glaubens, ihre Entschlossenheit, ihren Muth, ihr Gottvertrauen, ihre Anhänglichkeit an den heil. Vater. Sollte das Alles nicht einen mächtigen Einfluß auf meine Seele, auf mein eigenes geistiges Leben, auf meinen Glauben, auf meine Liebe, auf meine Hoffnung geübt haben? Gewiß.“

Indeß — unerforschlich und unergründlich sind Gottes Rathschlüsse. Es sollte anders kommen, wie die trauernde Diöcese nur zu bald erfuhr. Wir kommen zu den traurigen Partien dieses Buches.

§. 15.

Bischof Feigerle's Krankheit und Tod.

Nur der Krankheit und den letzten Stunden Feigerle's soll noch der Schluß dieser Zeilen gewidmet sein, wobei wir uns auf den authentischen Bericht eines bewährten Freundes des Verstorbenen berufen, nämlich des hochw. Herrn Canonicus Ignaz Chalaupka.

Man hat hie und da geglaubt, die Römerreise sei Schuld an dem Tode Feigerle's gewesen. Wir können dem nicht bei= stimmen. Feigerle kam ganz frisch und froh von der Reise zurück, bestieg sogleich (wie soeben erwähnt wurde) die Kanzel der Domkirche und machte seinem Herzen Luft, indem er von Rom und vom h. Vater dem lauschenden Auditorium durch eine Stunde erzählte. Die nächsten Tage verwendete er zur Ausspen= dung des Sakramentes der Firmung, weil dies zu Pfingsten unterblieben war. Besuche drängten sich auf Besuche. Feigerle war unerschöflich in seinen Mittheilungen und ganz selig über die frommen Erlebnisse und Eindrücke nach glücklich überstandenen Gefahren. Am 16. Juli wurde das neue Kreuz auf den Dom= thurm gesetzt; Feigerle war dabei und hielt im Freien eine halbstündige Predigt. Am 29. Juli machte er sich auf die Visitationsreise in das entfernte und beschwerliche Weitraer Decanat. Alles widerrieth es ihm, denn Schonung und Ruhe thut nach einer größeren Reise selbst jüngeren Kräften Noth. Aber Feigerle wollte durchaus nicht hören; er fühlte sich stärker als je und brachte alle Gegenreden und Bedenken zum Schwei= gen mit den einfachen Worten: „Ich bin Bischof und muß als solcher meiner Pflicht nachkommen". Diese starre Pflicht= erfüllung brachte ihm den Tod: zelus Domini comedit eum!

Wie gewöhnlich, predigte Feigerle auf allen Stationen, die er besuchte, oft stundenlang. Auf der vorletzten Station klagte er über Halsleiden (dem er auch sonst viel ergeben war), und man bemerkte, daß die Halsdrüsen angeschwollen waren. Feigerle predigte dessenungeachtet. In St. Pölten angekommen, erklärten die Aerzte, daß eine Halsdrüsenkrankheit in Verbindung mit fieberhafter Aufregung vorhanden sei. Am Feste des heil. Leopold ertheilte er noch einem Diacon die Priesterweihe — dies war seine letzte bischöfliche Function. Das Uebel verschlimmerte sich trotz aller Gegenhilfe. Als ihm die Aerzte auf seine ernste Frage das Bedenkliche der Krankheit nicht verhehlten, schloß er sich auf etliche Tage ein und schrieb sein Testament, das vom 13. März 1863 datirt ist und weiter unten mitgetheilt werden wird.

Mit dem ersten Erwachen des Frühlings begab sich Feigerle auf den Rath der Aerzte nach Schloß Oxenburg, von dessen angenehmer und gesunder Lage man die beste Rückwirkung auf das Befinden des lieben Kranken hoffte.

Schloß Oxenburg hat bekanntlich eine sehr angenehme und gesunde Lage am Flusse Traisen und ist eine Fahrstunde von St. Pölten entfernt. Die jeweiligen Bischöfe von St. Pölten genießen durch eine besondere Gnade Sr. Majestät des Kaisers dieses Religionsfondsgut als Nebendotation des Bisthumes, und es wurde mehr oder weniger von den früheren hochwürdigsten Bischöfen als Sommeraufenthaltsort benützt. Feigerle bezog es schon im Monate Mai zur Wiederherstellung seiner Gesundheit. Von den nahen Wäldern und aus dem Gebirge wehen dort die gesunden Lüfte und Düfte, welche dem hohen Kranken so wohl bekamen, daß er sich seit seinem Aufenthalte daselbst viel besser als in der Stadt befand.

Feigerle machte tagtäglich einige Ausflüge in's Freie, in der Regel Vor- und Nachmittags; manchmal zwei bis drei Stunden, öfter auch länger, einmal sogar während des ganzen Tages. Diese Ausflüge geschahen freilich nicht im Fluge, wie das Wort zu verrathen scheint, denn Se. bischöflichen Gnaden

ließen sich schon seit Monaten in einem Tragsessel tragen.
Der zuerst dazu eingerichtete Sessel dieser Art war etwas
primitiver Natur, that aber lange Zeit seine Dienste, bis er
einem besser construirten und eines Bischofs würdigen Möbel
wich, das zugleich gegen Wind und Regen schützte. Die Sorgfalt eines hochw. Herrn Dechants der Diöcese procurirte ihn.
Zwei Männer trugen den Sessel leicht; bei größeren Ausflügen
wurden natürlich mehrere Träger in Anspruch genommen.

Das Ziel dieser täglichen Ausflüge war — charakteristisch
für die fromme Gesinnung des hochw. Bischofs Feigerle — in
der Regel ein heiliger Gegenstand, ein Crucifix, ein Muttergottesbild, eine Kapelle u. dgl. Mitten im Walde hatte man
vor Kurzem eine Art Einsiedelei erbaut, mit der man Se.
bischöflichen Gnaden eines Tages überraschte. — Beiläufig
nach einer halben Stunde vom Schlosse gelangt man, auf
gut gebauten und reinlich hergehaltenen Wegen, zu einer mit
grünem Reisig belegten Kapelle aus Holz, in deren kleinem
Heiligthume sich ein Muttergottesbild befindet, vor dem eine
Lampe in rothem Glase brennt. Ein Betschämel vor dem
Bilde ladet zur Andacht ein. Ringsherum herrscht feierliche
Stille und Ruhe, nur in den Wipfeln der Tannen und Fich-
ten säuselt es wie fernes Geläute der Glocken oder wie die
ernsten Choräle der Orgel. Einige Schritte von der Kapelle
entfernt, mit der Aussicht auf diese, steht eine mit Tisch und
Bank versehene Hütte, welche gegen die Unbilden der Witterung schützt; nicht ferne davon liefert ein Brunnen quell-
frisches Wasser, und ein Nothherd würde selbst die Bereitung
eines frugalen Imbisses gestatten. — Zu dieser Einsiedelei pil-
gerte der hochw. Herr Bischof gerne und brachte dort in dem
Häuschen vor dem Bilde der Himmelsmutter, die er in so
vielen Predigten verherrlichte, in fromme Betrachtungen ver-
tieft, so manche Stunde zu. So oft der Kranke an einem
Kreuze oder Heiligenbilde vorübergetragen wurde, mußten die

Träger halten, der Kranke verließ den Sitz und begab sich, auf einen schwachen Spazierstock gestützt, zu dem heiligen Gegenstande, dem er, auf den Knieen ruhend, seine Verehrung bezeugte. — Dauerte die Excursion längere Zeit, so bat er auch wohl seine Begleiter, für ihn einen Rosenkranz zu beten, und der Spaziergang gestaltete sich zu einer Art Wallfahrt, an der Alle gerne theilnahmen.

Als einen Hauptbeweis der gestärkten Kräfte glaubte man den längeren Ausflug nach dem „Geisrigl", einer zum Schlosse Oxenburg gehörigen Alpe, annehmen zu dürfen, welcher am 9. September unternommen wurde. Es war ein wunderlieblicher Herbsttag. Um 9 Uhr Früh setzte sich eine stattliche Karawane in Bewegung. Acht Männer waren zum Tragen bestimmt, denn der Weg führte über einen ziemlich hohen Berg und erforderte wenigstens zwei Stunden. Ein Wagen mit Proviant war bereits auf einem Umwege voraus gefahren. Bei der Alpenhütte angelangt, die auf einem mit ausgezeichnetem Obst gesegneten Hügel liegt, machten wir Halt, und unter dem schattigen Zelte eines gastlichen Nußbaumes wurde Lager geschlagen, das wir bis zum Aufbruche nicht mehr verließen, denn auch das Mittagmahl wurde unter freiem Himmel eingenommen. Bischof Feigerle fühlte sich in der würzigen Gebirgsluft ganz besonders wohl. Und damit diesem Gebirgsleben das charakteristische Element auch nicht fehle, so ließ ein Mitglied der Karawane die zarten Töne der Cither erklingen. Alles war froh, frisch und voll Heiterkeit. Das Diner wurde, da die einfache Aelplerin auf solche Gäste nicht eingerichtet war, von einem anderen Mitgliede der Karawane, das sich auf die edle Kochkunst verstand, bereitet. Erst um 5 Uhr wurde die Rückreise auf dem bequemeren Wege über Kreisbach und Wilhelmsburg angetreten und nach 7 Uhr Abends langten Alle glücklich im Schlosse Oxenburg an. Der Excursion folgte nicht die geringste nachtheilige Wirkung, so daß man sich der Hoffnung hingab, daß die Krankheit des Hochwürdigsten doch nicht jenen besorgniß= erregenden Grad erreicht habe, den man einige Zeit vermuthete, und daß die Natur energischer wirken werde als die Kunst und Wissenschaft.

Aber das Uebel nahm dessenungeachtet zu, die Drüsen= geschwüre drohten krebsartig zu werden, das Schlingen wurde immer beschwerlicher, die Sprache unverständlicher, die Lebens= kraft schwächer. Man mußte die nöthige Conversation mittelst eines Schreibtäfelchens führen.

Im Monat Juli hatte Bischof Feigerle einen — wie es schien — gefährlichen Anfall von Ohnmacht und wurde daher mit den heiligen Sterbesakramenten versehen. Die Folge dieses Anfalles war eine allgemeine Abnahme der Kräfte und eine größere Schwäche im Gebrauche der Glieder, welche jedoch nicht hinderte, daß der Kranke kleine Strecken zu Fuß zurück= legte. Die Geisteskraft und das Gedächtniß erhielten sich jedoch ungetrübt und frisch wie ehedem. Mit staunenswerther Ge= wandtheit erledigte der eifrige Oberhirt die auf die Leitung der Diöcese bezüglichen Angelegenheiten, über welche ihm jede Woche ein= oder zweimal von dem Consistorial=Kanzler refe= rirt wurde. Der Kanzleibote brachte tagtäglich officielle Acten= stücke, Briefe und Zeitungen von St. Pölten. Allerdings folgte jeder geistigen Anstrengung eine körperliche Abspannung, aber dies hinderte den eifrigen Oberhirten nicht in der treuen Aus= übung seines hohen Amtes, war es ja eben auch der über= große Eifer für Gott, die Kirche und das Heil der seiner Obsorge anvertrauten Gläubigen gewesen, dem man die Haupt= ursache der so hartnäckigen Krankheit zuschreiben muß.

Wohl das größte Opfer und die peinlichste Entbehrung für den hochw. Herrn Bischof war, daß er nicht die heilige Messe lesen und auch nicht so oft, als es seinem frommen Herzen Bedürfniß war, die heilige Communion empfangen konnte. Dafür wohnte er öfter der h. Messe bei, welche der Secretär Kruckerer täglich in der Schloßkapelle las. Alle Sonn- und Feiertage hielt Letzterer eine Homilie in der öffentlichen Kapelle für die nicht unbedeutende Zahl der Andächtigen, welche dem Gottesdienste beiwohnten. — Schreiber dieser Zeilen hatte das Glück, den Festtag Maria Geburt in Oxenburg zuzubringen. Der Altar der Kapelle war herrlich mit frischen Blumen und reichlich mit Lichtern geziert, und das ganze Hauspersonal theilte mit dem Priester die heil. Communion, sie für die Genesung des geliebten Kranken aufopfernd. Nachmittags wurde die Litanei gebetet und ein Marienlied vom Volke gesungen.

Wenn es aber überhaupt wahr ist, daß wahrer heiliger Eifer stets Anerkennung findet, so fand man es insbesondere bei Bischof Feigerle bestätigt. Es war rührend, von wie vielen Seiten aus allen Theilen der Diöcese und Monarchie Nachfragen, Glückwünsche, Gebetsversicherungen, Theilnahmsbezeugungen u. s. w. eintrafen. Obwohl Se. bischöflichen Gnaden sich im Sprechen sehr schonen mußten und daher nur auf kurze Zeit Besuche empfangen konnten, erschienen doch immer Gäste jeden Standes, die sich persönlich von dem Befinden des hohen Kranken überzeugen wollten. Schlichte Leute warteten wohl auch im Parke, bis Se. bischöflichen Gnaden im Tragsessel dahin kamen, um dann bei dieser Gelegenheit die Hand zu küssen und mit Thränen im Auge den bischöflichen Segen zu empfangen.

Schreiber dieser Zeilen war so glücklich, etliche Ferialwochen in Schloß Oxenburg, wohin ihn der Selige geladen hatte, zuzubringen, und so unmittelbarer Zeuge der Leiden, aber auch der himmlischen Geduld und Ergebung desselben zu sein. Es schnitt mir durch die Seele, wenn ich seine zum Gerippp abgezehrte Gestalt beobachtete. Ich sehe ihn noch, wie er im Schatten der Bäume, auf einem Tragsessel ruhend, den wehmüthigen Klängen einer Handharmonica horchte, die er sich von einem seiner Bedienten zur Beschwichtigung seiner Schmerzen vorspielen ließ. „Empfehlen Sie mich der schmerzhaften Mutter Gottes", waren die letzten Worte, die er zu mir sprach. Bald darauf erhielt ich die telegraphische Nachricht von dem Tode Feigerle's während der Versammlung der katholischen Gelehrten zu München.

Die letzte Woche des Septembers sollte nämlich die letzte seines Lebens sein. Drei Tage vor seinem Tode konnte er nicht einmal Milch mehr zu sich nehmen, die schon lange Zeit seine einzige Nahrung bildete. Samstag den 26. September Vormittags wurde Feigerle mit den heil. Sterbesakramenten versehen, nur das hochwürdigste Gut konnte man ihm nicht reichen. Gegen Abend rief der Bischof auf einmal so klar und deutlich, daß es Alle verstanden: „Viaticum!" Sogleich eilte der Beichtvater in die Hauskapelle und trug von dort das Allerheiligste in feierlicher Prozession zu dem Kranken. Und wunderbar! die Sumption der heil. Wegzehrung, welche in einem Löffel mit Wasser ihm dargereicht wurde, ging ohne Beschwerde und besondere Anstrengung vor sich. „Viaticum" ist der letzte Laut, den sein Mund verständlich formulirte, und „Dank für Unterstützung" sind die letzten Worte, die seine sterbende Hand niederschrieb.

Seitdem sprach er nichts mehr, aber sein Geist war stets mit Gebet beschäftigt. Noch verlangte er das Bild des leidenden Heilandes, welches an der Wand oberhalb des Bettes hing; er drückte es mit Rührung ans Herz und küßte es. Die Schwäche nahm überhand, die Stunde der Auflösung eilte heran. Sonntag den 27. September Nachts halb zwölf Uhr entschlummerte Feigerle geduldig wie ein Job, sanft wie ein Johannes in das bessere Leben, wo es keinen Schmerz und keine Thräne mehr gibt.

Die Einwohner von Oxenburg ließen es sich nicht neh=
men, „ihren gnädigsten Herrn Bischof" auf ihren Schultern
zur Stadt zu tragen: einen Weg von zwei Stunden. Von
der ganzen Umgebung schlossen sich Leidtragende dem Trauer=
zuge an. — Der Sarg wurde in die Kapelle des bischöflichen
Palastes gebracht, mit den bischöflichen Insignien geschmückt
und mit duftenden Blumen umgeben. Die Fenster und Wände
der Kapelle waren schwarz behangen; brennende Kerzen, die
aus den Blumengruppen wie Sterne glänzten, beleuchteten
das Dunkel der inneren Räume. Dienstag und Mittwoch
sah man den ganzen Tag hindurch Personen aus allen Stän=
den dahin wallen, welche dem Verstorbenen ihre Ehrfurcht
und kindliche Liebe bezeugten, für ihn beteten und noch ein=
mal die Gesichtszüge des unvergeßlichen Bischofes tief in die
Seele einprägten; in den vormittägigen Stunden verrichteten
Priester für den Hochseligen am verwaisten Altare das heil.
Meßopfer.

Noch mehr aber bewies das feierliche Leichenbegängniß
am 1. October Vormittags, wie allgemein geachtet und be=
liebt der verstorbene Bischof Feigerle war. Se. Eminenz der
Cardinal Fürsterzbischof von Wien fungirten unter Assistenz
des hochw. Herrn Bischofs von Linz und des hochw. Herrn
Weihbischofs von Wien bei den Exequien. Sämmtliche Prä=
laten aus den verschiedenen Klöstern der Diöcese, Abgeordnete
des Metropolitancapitels von Wien und des Domcapitels von
Linz, der Prälat des Prämonstratenserstiftes Strahow und
der Prälat des Stiftes St. Peter aus Salzburg schlossen sich
dem feierlichen Zuge an. Von weltlicher Seite erwiesen dem
Seligen die letzte Ehre Se. Erlaucht Graf v. Kuefstein, k. k. Hof=
marschall und Vicepräsident des Herrenhauses, Se. Excellenz
der k. k. Statthalter von Niederösterreich Graf Chorinsky und
mehrere Herren und Damen des hohen Adels, das in St. Pöl=
ten stationirte Officiercorps, die Herrn Beamten und über

200 Geistliche aus allen Theilen der Diöcese; das theilneh=
mende Volk zählte zu Tausenden.

Bischof Feigerle ruht nun in der Domkirche zu St. Pöl=
ten unter seinen Vorgängern im Bisthume. Sein Wahlspruch:
„Amor meus crucifixus" bewährte sich im Leben und im
Tode. Wir Zurückgebliebenen aber wollen hoffen, daß Bi=
schof Feigerle das ewig beglückende Salve im Himmel ge=
hört hat, mit dem er gewöhnlich die Ankömmlinge in freund=
licher Weise zu empfangen pflegte.

§. 16.

Bischof Feigerle's Testament.

Das Testament des seligen Bischofes Feigerle lautet
wie folgt:

„Im Namen der allerheiligsten Dreieinigkeit, des Vaters und des
Sohnes und des heiligen Geistes. Amen.

Da der Tod gewiß, der Tag und die Stunde des Todes aber un=
gewiß ist, so erkläre ich hiermit frei und ungezwungen und bei vollem
Bewußtsein meinen letzten Willen, wie folgt:

1. Meine unsterbliche Seele übergebe ich in aller Demuth, mit
festgläubigem und kindlichem Vertrauen in die Hände meines gütigsten
Schöpfers und barmherzigen Gottes, der mich gnadenvoll geleitet durch
mein ganzes Leben. Möge Er mir auch dann gnädig und barmherzig
sein, wenn ich vor Seinem Richterstuhle erscheinen werde. Ich bitte alle
christlichen Brüder, insbesondere diejenigen, denen ich Lehrer, Vorstand,
Oberhirt gewesen, daß sie meiner armen Seele gedenken wollen im hei=
ligen Gebete und vornehmlich am Altare des Herrn. — Ein jährliches
Requiem in der Kathedrale möge aus meinem Nachlasse für die Ruhe
meiner Seele fundirt werden, das Leichenbegängniß so sein, wie es meine
P. T. hochw. Herren Vorfahren im bischöflichen Amte hatten, und nach
dieser Gewohnheit sollen auch die Armen der Stadt St. Pölten betheilt
werden. Das Nähere hierüber hat der Executor testamenti, als wel=
chen ich mir hier den hochw. Herrn Domcapitular Ignaz Chalaupka er=
bitte, zu bestimmen.

2. Mein Universalerbe ist das bischöfliche Knabenseminar (Marianum) der St. Pöltener Diöcese, das sich derzeit noch in Krems befindet. Mein Herr Nachfolger im bischöflichen Amte zu St. Pölten soll frei nach eigenem besten Ermessen, jedoch früher eingeholtem Rathe des hochw. Domcapitels, über die Art und Weise, wie mein Nachlaß zum Besten des genannten Knabenseminars zu verwenden wäre, verfügen.

3. Mein zeitliches Hab und Gut werden die Inventarien und andere mündliche Auskünfte meines Kammerdieners Ignaz Dumböck und meiner Haushälterin Anna Krug ausweisen.

4. Die l. f. Steuern und sonstigen Abgaben wurden allzeit gehörig entrichtet, alle in meinen Diensten stehenden Personen monatlich bezahlt, die ärztlichen Honorare, Conten der Buchhandlungen, Handwerker rc., wo nicht früher, doch alljährlich berichtigt. Es kann sich also nach meinem Tode nur noch um die letzte Ausgleichung der etwa noch rückständigen currenten Posten handeln.

5. Die Ordensdecoration, welche mir durch die Allerhöchste Gnade Sr. k. k. apostolischen Majestät, unseres glorreich regierenden Kaisers und Herrn Franz Joseph I. zu Theil geworden, ist an die Kanzlei des Erlauchten k. k. österreichischen Leopold-Ordens sammt Statuten zurückzustellen. Das Kremsierer fürsterzbischöfliche Collegiat-Capitel-Zeichen, ein Geschenk von Sr. Eminenz dem hochw. Herrn Cardinal-Fürsterzbischof von Olmütz Max. Jos. Freiherrn von Somerau-Beekh, schenke ich dem hochw. Capitel der Collegiatkirche zu Kremsier in Mähren.

6. Der reluirte Wein-Fundus pr. 2000 fl. C.-M. findet theilweise seine Deckung durch den im Keller befindlichen Weinvorrath.

7. Was für die bischöfliche Kapelle auszuscheiden, ist aus den Bestimmungen des heil. Vaters ersichtlich. Ich überlasse derselben auch die zwei Meßgewänder sammt Zugehör, welche Se. k. Hoheit der Durchlauchtigste Herr Erzherzog Ludwig Jos. Ant. mir gnädigst zu schenken geruht hatten.

8. Ich vermache als Andenken meinem Beichtvater, dem hochw. Herrn Domcapitular Ignaz Chalaupka, dem ich zugleich für die vielseitigen mit Liebe geleisteten Dienste nochmals innigst danke, meinen schönsten Pontifical-Fingerring (1 Topas mit 12 Brillanten, und zwar gefaßt), ein Geschenk Ihrer Majestäten des gütigsten Kaisers Ferdinand und der frommen Kaiserin Maria Anna; demselben als Executor testamenti die goldene Dose. Desgleichen dem P. T. hochw. Herrn Weihbischofe in Wien Dr. Johann Kutschker, meinem unwandelbaren Freunde unter allen Verhältnissen, das von Kupelwieser gemalte Bild, den heil.

Bischof und Martyrer Ignatius darstellend, sammt Goldrahmen. Dann dem P. T. hochw. Herrn Jos. Columbus, inf. Abt in Wien, dessen treue Freundschaft mir stets Trost gewährte, das Bild „Christus am Kreuze" von Schnorr sammt Goldrahmen. Dem hochw. Herrn Domcapitular und Kanzler in St. Pölten Jos. Zehengruber, der in allen seinen Anstellungen thätig und mir treu ergeben gewesen, das Bild der Immaculata von Kuppelwieser (Leopold) mit Goldrahmen. Dem Herrn Testamentsexecutor bleibt es überlassen, den verehrten Mitgliedern des hierortigen hochw. Domcapitels, Consistorial-Referenten, Vorstehern der Seminarien, Professoren, Curaten, meinen bekannten näheren Verwandten, Freunden (wie hochw. Domcapitular Thomas Christ in Wien, hochw. Herrn B. Rudigier in Linz und hochw. Bischof Fogarassy in Großwardein, Prälat Schiedermayr in Linz, Herr Hof- und Burgpfarrer Schwetz in Wien, Canonicus Etz in Wien, Regierungsrath Dr. Karl Schroff, Regierungsrath Purgold, Hofsecretär Schalansky, Statthaltereirath Waibele Eduard), Hausgenossen ꝛc., besonders wenn sie es wünschten, irgend etwas aus meinem Nachlasse als Andenken zu verabfolgen.

Meinem Großneffen Ant. Podiwinsky im Knabenseminar zu Kremsier sind alle slavischen Bücher, Predigten, Manuscripte, die Porträts meiner im Herrn verstorbenen Eltern, die kleinen Reliquiarien und was mir als Familienandenken galt, vorbehalten.

9. Meinem Herrn Secretär und Ceremoniär Ferd. Kruckerer sind Zweihundert Gulden österr. Währ. als Legat auszuzahlen. Ich danke ihm für seine treue Anhänglichkeit und eifrigen Dienste und empfehle ihn dem hochw. Domcapitel und meinem Herrn Amtsnachfolger. Als Legat vermache ich noch dem Institute der Englischen Fräulein in St. Pölten Zweihundert Gulden österr. Währ., dem hierortigen Taubstummen-Institute Zweihundert Gulden österr. Währ., ferner dem Kloster der ehrw. P. P. Franciscaner allhier Einhundert Gulden österr. Währ. und den Barmherzigen Schwestern (Töchtern der christlichen Liebe) im hierortigen Stadtspitale Einhundert Gulden österr. Währ. Alle Legate hat der Universalerbe zu berichtigen, und was die gesetzlichen Bestimmungen fordern, dem hierortigen Armen-Institute und andern Fonds zu verabfolgen.

10. Derselbe Universalerbe wird auch, so lange die Nachgenannten leben, jährlich als Pension auszahlen: a) Zweihundert Gulden österr. Währung meiner Haushälterin Anna Krug, welche seit dem Monate August 1840 treu, redlich und mit aller Hingebung mir gedient; b) Zweihundert Gulden österr. Währ. meinem treuergebenen, mit freudiger Seele mir allzeit dienenden Kammerdiener Ignaz Dumböck; c) Einhundert

Gulden österr. Währ. der Köchin Anna Mayerhofer; d) Einhundert Gulden österr. Währ. dem Kutscher Bartholomäus Aigner. Alle übrigen in meinem Dienste zur Zeit meines Ablebens stehenden Personen in St. Pölten und Ozenburg sollen ihren gewöhnlichen Lohn für drei Monate als Geschenk erhalten. Bezüglich meiner Kleider und der Leibwäsche wird der besagte Kammerdiener disponiren.

11. Meine Nichte Barbara, geb. Kaistern, verehelichte Podiwinsky zu Namiescht, Bezirk Olmütz in Mähren, soll, wie bisher, so für die ganze Zeit ihres Lebens die Nutznießung haben von meinem dortigen Privatbesitzthum, dem Hause Nr. 24 sammt Aeckern und Gärten, das Eigenthumsrecht aber auf ihren Sohn Anton Podiwinsky (Zögling des Knabenseminariums in Kremsier) nach meinem Tode übergehen, welchem dann auch die in diesem Hause aufbewahrten Bücher, Möbel rc. (welche mein Eigenthum sind) gehören werden. Ich wünsche, daß der Besitzer dieses kleinen Hauses immer ein katholischer Geistlicher sein möge, der meiner und meiner Eltern und Geschwister dann und wann am Altare des Herrn gedächte. Ich hoffe, daß der Großneffe diesen meinen Wunsch erfüllen wird.

12. Meine Tagebüchlein (gewöhnlich mit ☩ bezeichnet) sind für jeden Andern werthlos und sollen nach meinem Tode sogleich verbrannt werden. Von meinen etwa noch vorfindlichen Manuscripten darf ohne Vorwissen und Einwilligung des Herrn Testaments-Executors nichts gedruckt werden. Was brauchbar ist, könnte für den oben angeführten Großneffen, wenn er durch Gottes Gnade zum geistlichen Stande gelangen sollte, aufbewahrt werden. Alles Uebrige ist zu verbrennen.

13. Schließlich danke ich innig und herzlich den geliebten Herren Mitgliedern des hochw. Domcapitels, den Herren Prälaten und Ordensvorstehern, Referenten, Seminar-Vorständen, Professoren und Allen, die mir Gutes gethan, Dienste geleistet, die Mühen im Weinberge des Herrn mit mir getheilt, insbesondere denen, die mich auf meinen Visitationsreisen mit so großer Freudigkeit des Herzens begleitet und die Geschäfte der Kanzlei besorgt, Allen, die an meiner langwierigen Krankheit herzlichen Antheil genommen und für mich gebetet haben. Der Herr vergelte ihre Liebe und segne sie, die Stadt St. Pölten und meine ganze geliebte Diöcese. Der Herr segne in reichster Fülle und erhalte in seinem Schutze Se. Majestät den Kaiser Franz Joseph I. und das ganze Allerdurchlauchtigste Kaiserhaus, Allerhöchstwelchem ich in meinem jedesmaligen Berufe freudig und mit treuer Ergebenheit nach Kräften gedient, für das ich stets gebetet habe. Nie vergaß ich der Wohlthaten, welche Ihre k. k. Maje-

stäten und k. Hoheiten mir und der Diöcese zu erweisen die Allerhöchste Gnade hatten.

Der Herr gebe uns Allen ein freudiges Wiedersehen in den Wohnungen des Himmels! — Amor meus crucifixus. —

Alles eigenhändig geschrieben und unterschrieben zu St. Pölten am 13. März 1863 von **Ignazius Feigerle** m p., Bischof von St. Pölten."

Der Gesammtwerth der Fahrnisse des sel. Bischofes Feigerle wurde auf 10,000 fl. angegeben.

§. 17.

S ch l u ß.

Wir können diese Zeilen nicht beschließen, ohne den Gedanken auszusprechen, der uns noch auf der Seele liegt.

Das Bisthum St. Pölten in Nieder = Oesterreich mit 527,838 Seelen umfaßt einen Theil jenes weit ausgedehnten Kirchensprengels, welcher einst zum Bisthum Passau gehörte, und besteht als solches erst seit dem Jahre 1784, wo der bischöfliche Sitz von Wiener=Neustadt nach St. Pölten übertragen wurde. Die Erectionsbulle Pius VI. ist ddo. V. Cal. Febr. (28. Jänner) 1784. Der letzte Bischof von Wiener=Neustadt, Heinrich Johann von Kerens, wurde der erste Bischof St. Pölten's und hielt am 8. Mai 1785 seinen feierlichen Einzug in die neue Bischofsstadt.

In der Stadt St. Pölten bestand das älteste niederösterreichische Kloster, das regulirte Chorherrenstift ad S. Hippolytum, das auch der Stadt den Namen gab. Nach siebenhundertjährigem Bestande wurde es am 16. Juli 1784 von Kaiser Joseph II. aufgehoben, die Stiftskirche ad B. M. V. ad coelos assumptam wurde zur Kathedrale gemacht, die geräumigen Stiftsgebäude mußten dem neuen Domstifte Platz machen und die ehemalige Probstwohnung wurde zur bischöf=

lichen Residenz umgewandelt. Es soll dem ersten Bischof von
St. Pölten freigestellt gewesen sein, die eventuelle bischöfliche
Residenz in Melk, Krems oder St. Pölten aufzuschlagen.
Bischof Kerens entschied sich für St. Pölten. Trauernd
verließen die regulirten Chorherren ihre bisherige Heimath,
und wie die Sage geht, soll der letzte Probst noch auf seinem
Sterbebette den ominösen Ausspruch gethan haben, daß kein
Bischof von St. Pölten „ultra decem annos" regie-
ren werde.

Seit dem Jahre 1785 haben bis jetzt neun Bischöfe
St. Pöltens regiert, an welchen sich die düstere Ahnung des
sterbenden Probstes bewährte.

Erst der zehnte Bischof St. Pölten's, Ignaz Feigerle,
überwand die ominöse Zehnzahl. Und so sehr hatten sich
Manche in die Idee jener ominösen Voraussagung hinein-
gelebt, daß man das Gerücht verbreitete, Bischof Feigerle habe
den heil. Vater zu Rom gebeten, er möge jenen Bann, der
auf dem Bisthume liegt, aufheben. Factisch aber ist es, daß
Bischof Feigerle der Erste unter den zehn Bischöfen St. Pölten's dem Nachfolger des heil. Petrus zu Rom persönlich seine
Huldigung erwies und daß er der Erste unter allen zehn den
ominösen zehnten Jahrestag überlebte, und zwar zu Rom.
Unter dem gläubigen Volke hat sich daher die Sage gebildet,
Bischof Feigerle habe sich am Grabe der Apostelfürsten als
letztes Opfer für die Diöcese angeboten. Jedenfalls wollen
wir hoffen, daß jetzt durch den der Kirche vollends geleisteten
Gehorsam die etwa gegen die Kirche begangenen Sünden ge-
sühnt worden sind.

Wir beschließen diese Lebensschilderung mit einigen Worten aus dem letzten Hirtenschreiben des seligen Bischof Feigerle,
die zugleich als sein geistiger Abschied von seiner Diöcese und
von allen seinen Freunden gelten können. Von Rom und
dessen unvergeßlichen Eindrücken sprechend, fährt er fort:

„Ich sage also nur noch, daß ich redlich Wort gehalten und für Euch Alle, für die Kleinen und Großen, für die Männer und Frauen, Priester und Laien, für das ganze geliebte Vaterland, für unser Oesterreich an allen heil. Orten in Rom und außer Rom gebetet habe. Möge der Herr auf das Gebet seines Dieners in Gnaden herabsehen. Möge er Oesterreich schützen für und für, damit der heilige Glaube nicht abnehme, sondern immer herrlicher fortblühe in den Herzen seiner Bewohner und damit Ruhe und Eintracht, Friede und Liebe sie alle vereinige, christliche Sitte im häuslichen und öffentlichen Leben stets unter ihnen walte; damit der Herr uns den geliebten Kaiser erhalte, ihn schütze und segne, seine Räthe erleuchte und friedliche, glückliche Zeiten uns wieder gebe."

Ave anima candida!

Friede seiner Asche, Segen seinem Andenken!